금강산

금강산

금강산

정용진 시집

미래시선 80

미래문화사

고은 | 시인

〈시인과 농부〉라는 명곡이 있지.
정용진을 보면 그것이 생각나지.
시를 쓰며 꽃밭을 가꾸는 그의 붉은 얼굴을 보면
시인과 농부가 하나인 것을 알게 되지.
게다가 떠난 고국에의 사무치는 그리움이 있고
고국의 분단을 못내 슬퍼하는
지친 꿈 한 번도 내버린 적 없지.
그의 심성 하도 무던해서 태평양 건너에 있는 그가
바로 이웃에 사는 듯
하지.
실컷 읊퍼라, 그대 정처情處!

　시인은 영혼의 언어를 낳는 산모다. 그래서 시인은 시작詩作에 임할 때 아이를 낳는 산모처럼 설레고, 염려하며, 아파한다. 이는 분명 창조를 향한 몸부림인 것이다. 미주 땅에 뿌리를 내린 지 서른 두 해. 날이 들면 들에 나가 밭을 갈고, 날이 궂으면 서재에 들어 책을 읽으며晴耕雨讀, 이를 깃발로 내걸고 힘든 줄 모르고 살아왔다.

　아이들의 살결처럼 부드러운 캘리포니아 흙을 어머님의 가슴처럼 어루만지며 그 위에 장미꽃을 가꾸고, 농작물을 키우며, 과일 나무들을 심었다. 그 열매들이 소리 없이 익어 갈 때 산새들도 옆에 와서 노래하였고, 가난한 나의 시심도 영글어 갔다. 외면의 표피를 보면 거칠기 한이 없으나 내면으로 깊이 들어 갈수록 심토深土를 만나는 감격, 이것이 시인이 시를 쓰고 싶어하는 진정한 마음이다. 육신은 이민의 거친 영토를 갈고, 영혼은 언어의 밭을 가는 쟁기꾼의 삶이 곧 나의 사명이라고 절감하였다.

　시가 '삶의 진실을 추구하는 언어 예술의 표현 형식'이란 명제 앞에 섰을 때 나는 가슴이 떨렸다. 이래도 과연 나는 시를 쓸 수 있을 것인가? 그러나 언어를 통해서 보

이지 않는 것을 볼 수 있도록 함으로써 시의 상상적 표현
미를 이루는 세계로 여러분들을 초대하고 싶었다.

　금년은 미주 한인 이민 100주년이 되는 역사적인 해다.
선인들의 뼈를 깎는 아픔이 없었다면 풍요로운 우리들의
오늘은 없었을 것이다. 이를 기념하기 위하여 이 시집을
엮어 세상에 내어 놓는다.

　지난 해 가을엔 우리 조국의 영산인 금강산을 찾았다.
그 감동과 감격을 나는 이 순간에도 잊을 수가 없다. 이를
영원히 기억하기 위하여 시집 표제를 《금강산》이라고 정
하였다.

　이 시집은 《강 마을》, 《장미 밭에서》, 《빈 가슴은 고요
로 채워 두고》에 이어 네 번째 내어놓는 시집이다. 독자
여러분들의 변함 없는 사랑을 기대한다. 이 책에 추천사
를 주신 고은 선생님과 시평을 해주신 윤병로 교수님, 그
리고 출판을 맡아주신 미래문화사 임종대 사장님과 이 기
쁨을 함께 나누고자 한다.

SanDiego Fallbrook 추계동 청경우독실에서
2003년 가을 저자 씀

차례

4·통일의 꿈

가로등

시인

시인은
언어의 밭을 가는
쟁기꾼이다.

나는
오늘도

거친 언어의 밭을
갈기 위하여

손에 쟁기를 쥐고
광야로 나간다.

가로등

어두움이
싸락눈처럼
거리에 덮혀 오면
가로등들이
하나 둘
눈을 뜨기 시작한다.

팔짱을 끼고 걷는
조용한 발소리
그 속삭임이
달빛같이 고요하다.

만나면 만날수록
샘솟는 그리움

늘어 선 가로등을 따라
연인들이
정겹게 걸어가고 있다.

그들의
가슴이 따스한
이 저녁.

님

내 그대를
그리워 하는 마음은
장미꽃 향이로라.

간 밤
마른 땅을 적시며
함초롬히 내린
이슬비

길녘에는
줄지어 서서
나팔을 불며
사랑을 노래하는
연분홍
산나리꽃.

개울 건너
떡갈나무 숲
꾀꼬리 벗하여
동산에 오르면

하늘엔

눈부신 황금 햇살
면화 구름이
송이송이
화장한 신부처럼
눈부시다.

내 그대를
사랑하는 마음은
라반다의 향이로라.

동백 冬柏

1. 흰 동백

너의 순수는
순결의 상징.

푸른 물결이
몰려 와 둘어 섰다
버리고 떠나면
홀로 남는
섬의 외로움.

너는
태초 이브의 고독
숫처녀의 아픔이다.

2. 분홍 동백

너는
수줍은 영혼.

내 누님의

실눈 뜨는 첫사랑
동백 기름의 윤기다.

가슴 뛰던
첫정이 부끄러워
서산 마루에 걸린
저녁 노을
연지빛 사연
내 누님의
속가슴은.

3. 붉은 동백

타는 정열은
사랑의 혼불.

눈꽃이
하늘 가득 덮히는 날
비로소 신비의 문을 여는
황홀한
그 아픔.

이제 너는
여인으로
성숙하는구나
붉은
겨울 동백아!

봄

이른 아침
새들이 깨우는 소리에
눈을 떠
창을 여니

자두나무 가지 위에
산새 가족들이
구슬에 꿰인 듯
쪼르르 앉아 있다.

하루 일과 훈시를 듣는가
조용하더니
어미새가 자리를 박차고 일어나자
새끼들도 창공에 무지개를 그린다.

활처럼 휘어졌던
자두나무 가지들도
겨울잠을 털고
시위를 당겨
봄을 쏘고있다.

머 언 산 과녁엔

생명의 빛이 번득인다
그들은 늦가을
열매로 익어 돌아오리라.

봄날春日

뒤 뜰
감나무가
지난 늦가을
훌훌이 벗어 던진
헌 옷가지들을
은밀히 들췄더니

모락모락
불화로를 지펴 놓고
냉이싹이
흰 구름을 빚고 있다.

돌담 곁에서
똬리를 틀고
일광욕을 즐기는
뱀의 심장에는
독이 흐르고

간 밤
새워 나린 찬비로
고샅 시냇물이
도란도란

머언 여정을 떠나는
춘삼월春三月

옛님의 발소리로
다가 서는 산그늘.

남도 꽃길

1. 섬진강

꽃이 핀다기에
남으로 가네
구름 따라 바람 따라
남으로 가네

산 속에서
겨울을 새고 나온
봄바람이
홑치마자락을 날리며
북으로 오고

지리산 피아골 통곡소리
아직도 잠 못 이뤄
피빛 물결인데
빨치산의 원혼처럼
붉은 꽃등을 달고
애달프게
피어오르는 진달래꽃.

쌍계사 계곡에는

벗꽃이 벙글고
섬진강변을
황금물결로 수놓는
철없는 산수유
해맑은 꽃술들이
우리들의 고향을
노래 부르네.

매화 마을에는
새콤한 매실 맛으로
물이 오르는 아낙들의 꿈
남풍에 젖어
섬진강변에
봄이 오는구나
꽃의 축제가 벌어지는구나.

2. 화엄사

육신은
물 흐르듯 흘러가도
마음은

산이 되어 묵묵히
천년을 사는구나
노송처럼
바위처럼

육신은
흙이 되어 잠들어도
영혼은
종소리로 살아서
하늘을 울리는데

"구름이 일어 날 때마다
생명이 피어나고
구름이 스러질 때마다
생명이 지나니"
나고 멸함이
영원히 저와 같구나.

3. 광한루

산수유 저고리

진달래 붉은 치마
일편단심
올곧은 춘향이 마음에
서슬 퍼런 변학도도 기죽고
오작교에
봄빛 푸르러

춘향이
물볼기 맞는 소리에
이도령 잠 설치고
운우지정雲雨之情 나누던
조선 처녀의
첫사랑 못 잊어
삼경이 깊어 가는
남원 고을에
사랑이 익어 가네.

산수유山茱萸

꽃 시샘
수정같이 맑은 바람
언 강 갈라지는 소리에
늦잠 깬
산수유 한 그루.

초승달
차가운 눈매에
달아오른
앞가슴 풀고
피워내는 노란 눈꽃.

개울 건너 삼박골
민씨네 낡은 기와집
돌담 가엔
마고자 단추같은
붉은 가을 열리겠네.

수련睡蓮

수려秀麗 하구나
추醜는
옥빛 물결에 감추고

미美만 드러낸 채
영롱여옥玲瓏如玉
이슬 머금은 입술.

감히
하늘을 향해
추파를 던지며
웃고있다니
오만傲慢하구나.

민들레

나를 어찌 알고
내 집 추녀 끝에
자리를 잡고
노랗게 피었느냐?

민들레야
민들레야.

해마다 봄이 오면
개나리, 산수유, 꽃다지
노오란 산천
머언 고향하늘

내가 황인종인 줄 알고
고향 내음서린
황사 바람에
홀씨를 싣고 온 게로구나.

검은 땅을 덮은
흰 눈
엄동설한은
어머니의 가슴

깊숙이 살다가

이른 봄
잡초 속에 섞여
해 같은 얼굴로
웃고 섰는 네 모습.

너는
가난하고
짓밟히고
추위에 떨고 있는
서러운 넋.

이제, 너와 나는
이민자로
내 뜨락에 함께
뿌리를 내리자
누가 뭐라거나 말거나
개의치 말자
여기는 너와 나만의
거룩한
공화국이 아니더냐.

민들레야 민들레야
슬픈 민중의 혼아!

영산홍映山紅

삼동三冬을
친구로 삼아
함께 지낼 양으로
영산홍 한 그루를
양지 바른 창가에
옮겨 놓았더니

앞 산
초승달에 취하여
고향 산자락
꿈에 젖다가

간 밤 산천에
가득한
실빗소리.

이 아침
윤기 흐르는 햇살에
두 볼이
연지빛으로 붉었어라

춘하추동

사계의 풍경이
유채화로 투명한데

석양 산마루
아련한 전설에
애잔한 가슴이
노을빛으로 익는구나.

자카렌다Jacaranda

자카렌다
신비의 여신이
오월의 문을 연다.

누님의
소매자락같이
치렁치렁 늘어진
보라빛 옷자락

가슴 속엔
청자 항아리의
천 년 얼이
출렁이고

사랑을 갈구하던
연인들이
자카렌다 그늘
그윽한
호심湖心에 안겨
석류꽃 같은
입을 맞춘다.

풍란風蘭

바람이 좋아서
바람을 마시고
이슬이 좋아서
이슬을 달고
고목 등걸에 기댄 채
풍란이 자란다.

앞 산 중턱에
초승달이
애처롭게 걸리면

초록 장삼에
박꽃 같은 동정을 달고
한恨에 묻혀 춤을 추는
여인의 자태여라

이른 새벽
정한수로 혼을 씻어
향으로 흐르는 숨결.

오늘은
너의 몸매가

학이요 옥으로
더욱 찬란하구나.

바람이 좋아서
바람에 취하고
이슬이 좋아서
이슬에 숨어
청산리 벽계수를 기다리는
황진이야.

옥수수

어머님이
방문 가방에 넣어
전해주신
옥수수 씨앗
정이 그리워
울가에 심었더니

한여름
낯선 하늘 우러르며 자라
간 밤

아기를 낳아
등에 업고
이른 아침
웃으며 서 있다.

오. 오.
나를 등에 업고 계신
어머님.

이슬꽃

간 밤
창가에 서린
봄 달

그 애잔한 모습이
마음에 걸려
잠 못 이루고

한겨울
동면의 시간들을
인내로 견디다가
아침 이슬비로
벗은 나무 가지마다
초롱초롱 열린
이슬꽃.

여린 가슴마다 어린
칠 색 무지개 빛
앳된 꿈이
영롱하구나

올 해도

너와 나의 삶이
거짓 없이 투명한
한 해가 되기를.

강 물

연인을 만나러 가는
걸음으로
애틋이 흘러가는
강물을
가로막으면

물결은
용솟음치며
힘겹게 산기슭을
오르면서
어디 두고보자
눈을 흘기겠지.

가을 백사장

누가 걸어갔나
은빛 모래밭
외줄기
기인 발자국.

언제 떠나갔나
자국마다 고인
애수哀愁

가슴을 두드리는
저문 파도소리.

구름

누구의 마음입니까
해돋이
푸른 산 자락에
붉게 물드는
구름은.

삶이 아무리
허망할 지라도
그리운 얼굴
정든 사람들을
사랑하며 살기엔

가슴 벅찬
이 감격
이 만남.

버거운
하루가 다하고
또 하나의
내일이 약속되는
이 저녁

서산 마루에
소리 없이 젖어드는
장미빛 노을은

누구의
애타는 염원
간절한 기도입니까.

오늘도
님의 꿈으로 물드는
저문 하늘을 바라보며

착하고
아름답게 살기엔
자족한 하루입니다.

석양夕陽

떠나는 마음
애닲어
하늘에는 꽃구름
장미빛 꽃구름.

가는 님 서러워
연인의
하아얀 머플러 위로
붉게 물드는
속 마음.

솔개는
텅 비인 산마루를
외로이 맴돌고

홍포紅布를 걸치고
초연히
발거름을 옮기는
석양夕陽

저문 하늘에는
장미빛 꽃구름.

그림자

내가
해를 향해 서면
바로 옆에 다가서고
손을 들면 저도
따라 손을 드네

허리를 굽히면
함께 굽히는
너는 나의 분신.

앞으로 나서면
걸어 나오고
뒤로 물러서면
따라 물러서네

밤이 되면
또 침상에 함께 들어
꿈으로 말하는구나.

내가
허리를 펴거나
굽히더라도

나보다 더 하거나
덜 하지 말거라

세상 사람들이
교만하다거나
비굴하다고 흉볼라

그대 나와 함께
이 밤을 지새우고

내일엔
세상밭 갈러 나가자
나의 운명의 동반자여.

새

간 밤
찬 숲에서
잠을 설친
새 한 마리가
전선에 앉아서
따뜻한 체온을 느낀다.

전화를 기다리는 것일까
귀를 기울이는
애잔한 모습

얼마 후
다른 새 한 마리가
곁에 다가와
숨찬 목소리로
늦어서 미안해
부리를 맞댄다.

우리가
어렵던 시절
입맛을 다시며
새총을 겨누고

쫓아 다니던
가난의 추억이 괴롭다.

사랑이 있다면
풀씨 한 톨
벌레 한 마리로도
저리
행복한 새들

이른 아침
전선에 앉아서
부리를 맞대며
사랑을 나누는
나도 한 마리 새가 되고 싶다.

달팽이

달팽이가 이사를 간다
똬리 양식의
자기 집을 등에 지고
입으로 진액을 토해
아스팔트 길을 내며
떠도는 집시의 혼.

가다가 힘들면
풀밭에 쉬며
풀로 요기를 하고

오늘은
연인을 만나
습지에서
서너 시간 정도
섹스를 즐긴 후
사랑에 취한 채
노숙을 한다.

그리고
내일은 또
무선 안테나로 교신을 하고

이사를 간다.
행운유수行雲流水.

삶의 진리를 아는
달팽이가
가상하고 부럽다.

시인과 농부

시인은
언어의 밭을 가는
쟁기꾼.

새하얀 침묵의 땅
처녀지를
땀을 섞어 갈아엎고
혼불의 씨를 뿌린다.

시란
직관의 눈으로 바라다 본
사물의 세계를
사유의 체로 걸러서
탄생시킨
생명의 언어

농사는 육신이 짓고
시는 영혼이 쓰면서
나는 오늘도
사래 긴 밭을 간다.

시인은

구름밭을 가는 농부
농부는
생명밭을 가는 시인.

농경일기 農耕日記

황혼이외다
씨 뿌리는 농부의 손길이
분주해지는
어스름.

마을 어귀에 늘어 선
숲길을 따라
소리 없이 내리는
산그늘

갈가마귀 떼들도
고목나무 하늘을
줄지어 맴돌고

주름진 얼굴
땀 배인 옷자락이
주홍으로 물드는
이 저녁.

거친 흙을 갈아
꿈의 씨앗을 숨기는
농부의

티없이 가난한 마음

보리를 묻으면
보리가 패고
귀리를 뿌리면
귀리가 솟는
땅의 진실 속에서

흙의 향이
이렇게 정겨울 수가 있나요

지금은
버거운 하루가
열매로 영그는
황혼이외다.

훈장 勳章

오늘도
이른 아침부터
들에 나가
밭을 갈고 씨를 뿌렸다.

석양
황금 양탄자를 밟고
문을 들어서니
땀에 젖어
이마에 붙은
진흙 반점을 보고
여보, 얼굴에
그게 뭐요
아내가 묻는다.

시인은
이렇게 적었다.
이것은
농민의 훈장이외다.

억 년 세월을 초연히
한민족의 기상으로
솟아오르는

백두대간의 젖꼭지
금강산

금강산

초승달

어제 밤
오랜만에
아내와 함께
산책을 나섰다.

서녘 하늘
고목에 걸린 달이
하도 애처로워
살짝 떼다가
창가에 걸어 두고
꿈결에 들었더니

이른 새벽
아내의 이마 위엔
아스라히
초승달이 걸려 있고

내 코밑엔
솔개 한 마리가
날고 있었다.

달 · 2

텅 빈 하늘에
어두움이 덮혀 오면
달이 달이
해맑고 푸른 달이
님의 창가를
찾아오네.

오다가 지치면
고목에 걸터 앉아 쉬고
맑은 호수에
둥근 얼굴을 씻네

구름은
시녀로 거느리고
님을 찾아 오네

덩달아 따라나서는
은하수와
별들의 무리.

님 그리워
낮에는 졸고

밤을
칠흑의 밤을 기다려
천지 사방이 잠들 때
님의 창가를
찾아오네.

봄 달

날이 저물기를 기다려
달이
꽃에게 다가가서
너는
나의 입술이다 속삭이니

꽃이
달에게
너는 나의 눈섭이다
고백한다.

둘이
서로 마주 보고
마음을 여니
향이 흐르고
미소가 넘쳐
봄밤이 짧더라.

가을 달

바람이
알몸으로 거리에 나서는
늦가을.

산은
수줍어
얼굴 붉히고

철없이
속살을 들어내는
가을 강
그윽한 물결.

고향의 전설처럼
평과주가 익어 가는
외진 산마을.

울가
대소리도
사각사각
서릿발을 빚는데

창가 고목에 걸린
차가운 달을 품으니

그대 그리워
눈물 어리네.

겨울 달

빈 산 가득
은빛 물결에 씻긴 옷소매가
옥이요 학이로구나.

알몸인 저 달
홀로 달아오르는데
찻잔에 서려오는
정인情人의 애틋한 마음

설원雪源을 달려
영嶺을 넘는 솔바람
피리를 불고

처마 끝 풍경소리
님의 발소린 양
문을 두드리네.

날 저물어
길 험한 이 밤
그대 지금
어느 길녘에서
찬 눈을 맞는가

이제
밤 깊은 삼경
타는 꿈을 엮으러
달님처럼 오소서.

만월滿月

매월
보름만 되면
은쟁반 같은 얼굴로
가슴을 펴

한반도의 문신文身을
내어 보이는
만월.

달나라에서
옥토끼가
떡방아를 찧을 때마다
애국가가 울려 퍼진다.

오. 오.
우리의 텃밭
삼천리 금수강산.

추석 달

한 여름
싸리울을 오르던
박넝쿨이
초가 지붕 위에
은빛 달덩이로 영글고

하늘에는
팔월 한가위
한 아름 보름달.

헤어져 서러웠던 사람들
살아보려 땀에 젖은 사람들
뜻을 펴려 달려가던 사람들

저들의 간절한
기원과 소망이
강강수월레
둥근 추석달로
산하에
가득 차오르는
이 저녁.

외지에서
또 하나의 고향을 심던
분주한 발길들이
추억을 찾아서
옛마을
고샅을 들어서면
여기저기서
정인情人을 부르는 소리.

오늘은
너와 나도 말미잡아
이 가을에
처음 만난 연인처럼
삶에 해어진 옷일랑
갈아 입고
팔월 한가위
윤기 흐르는 보름달을
가슴 가득 안아보자.

무지개

봄을 여는
아침비로
혼을 씻은 하늘

겹겹이 쌓인 연서를 들고
머리를 곱게 빗은
색동 아씨가 웃고 있다.

사랑의 심장을 겨누는
화살촉
팽팽이 당겨져
활시위로 떠 있는 무지개

그것은 위협
그것은 과시
그것은 약속이었다.

맑게 씻긴
티없는 가슴에 안겨
운우雲雨의 정을 나누는
사랑의 뜨거운 밀어

아!
그 석류 속 같이
붉게 타는 연정.

금강산

해동의
슬기 기氣로 뭉쳐

춘하추동
금강
봉래
풍악, 개골산으로

한얼 백성들의
우람한 가슴에
빛으로 솟아 영롱하구나

하룻밤 자고 나면
동해 운무로
머리를 감고
칠보단장한
새 신부가 되어
칠천만 연인들을
설레게 하나니

저마다 보석으로
찬란히 버티고 선

만물상.

겨레의 꿈처럼
아름다운 팔선녀八仙女의 그윽한 전설이
넘쳐 흐르는 옥류동 계곡
민족의 기상으로
요동치는
구룡의 용트림

밤낮으로
하늘과 땅을
뒤흔드는
구룡폭포의
우레와 같은 함성이
우리 한민족의
얼을 깨우는구나.

봄 빛, 여름 볕
가을 단풍
겨울 눈발 속에서도
억 년 세월을 초연히
한민족의 기상으로

솟아오르는

백두대간의 젖꼭지
금강산.

구룡폭포

상팔담
물안개로 드리워진
팔선녀八仙女의
신비로운 자태여

옥문玉門을 여는
천년의 물소리에 반하여
구룡이 구룡련에서
용트림 하네

선녀 하나 내려올 때
용이 하나 오르고
용이 하나 솟구칠 때
선녀 하나 내려오네

용과 선녀가 만나
하늘과 땅의 노래로
벌이는 잔치

어이
남과 북의
선남선녀들이

헤어져 눈물로 보낼 거냐

청용이 선녀를 껴안고
구름을 타고 오르는
등천의 축제를 보아라

민족의 심장
금강산에서
천지를 울리는
구룡폭포.

삼천리 금수강산
한민족의
영원을 노래 부르네.

해금강

누구를 기다리다
선돌이 되었는가
타는 한恨
눈물로 고여
발아래 출렁이는
애절한 물결소리.

아픔의 세월
임을 기다리다
망부석이 되었구나

오늘도
뜨거운 눈물을 식혀주는
실 안개비

끼룩 끼룩
짝을 부르는
갈매기 떼들의
눈물 겨운 갈구에

해금강은 오늘도
선돌로 서서

그리운 님을
저리 애절하게
기다리는구나.

수봉가사秀峯歌辭

1. 삼월송가三月頌歌

수봉산에 명월明月이 돋아오니
마음 속에도 달이 뜨고(心月)
텅 빈 하늘에는 푸른 달이 밝도다.(靑月)
아름답도다 맑은 샘물 속에 고인 청아한 달이여(月泉)
이제 내 마음은 춘삼월 호시절이로세.

2. 수봉팔경秀峯八景

앞에는 푸른 뫼 우람히 솟아 조석으로 시심을 논하고(靑峰)
낮에는 향기로운 구름이 산자락에 한가히 떠 도네(香雲)
밤에는 맑은 샘에 별들이 내려 영혼을 씻고(星泉)
창가에는 돌의 가슴을 덮히는 난의 향이로다.(石蘭)

뜨락에는 매화의 향이 은은히 넘쳐나고(梅園)
계곡을 지나는 시내 호수를 이뤄 물결이 그윽한데(湖心)
마음을 맑은 시내에 씻어 정결하니(心泉)
수봉산 휘돌아 흐르는 강물 그 물결소리 청아하도다(心江)
장미주 익었느니 여강麗江과 더불어 청한의 삶을 엮으리
로다.

부처님

웃으시네요
천상천하天上天下
유아독존唯我獨存
백팔번뇌百八煩惱를
넓은 가슴에
접어 두시고
조용히 웃으시네요.

고苦는
집착執着과 갈애渴愛에서 오나니
무상무념無想無念커라

온갖 번뇌도
님 앞에 서면
황금빛 미소.

삼라만상森羅萬象
제행무상諸行無常이 끝없는
윤회輪回 앞에 서서

오늘도
티끌 같은

중생을 바라보시며
영겁을
헤이시네요
황금빛 미소로.

용문사龍門寺·1

기氣가 솟아
산이 되고
한恨이 서려
바위가 되는가

섬섬옥수纖纖玉手
낭랑공주의 손길을
뿌리치고
마의摩衣를 두른 채
금강산 가는 길에 꽂았다는
마의 태자의 지팡이가
저리도 정정히 버텨
천년세월 황금빛인데

옛님이 그리워
백발노안白髮老顔
정인情人의 손을 잡고
산길을 오르는
그대의 마음은

바람인가
구름인가

달빛인가

연지볼 타는 단풍으로
물든 산노을.

그리워라
앳된 얼굴
꿈에라도
자로자로 드소서

이 밤도
가슴을 파고드는
그리운 물결소리.

용문사龍門寺 · 2

차가운 기왓골
빛 바랜 단청
낡은 산사山寺
처마 끝 풍경도
독경을 외는가.

하늘 찌르며 솟은
당상관堂上官 은행나무도
부처님 설법 듣고
황금빛 미소 짓고

미련한 중생들
두런두런 손을 잡고
세심천洗心川 흐르는
계곡 물결
솔바람 소리.

양수리兩水里로
임 만나러 가는가
봄비는 속한俗漢들의
슬픈 행렬

짙은 안개가
저문 산의
가슴을 가리우네.

구곡폭포

일곡에 서린 하늘빛
이곡에 피는 꽃구름
삼곡에 내리는 안개비
사곡에 번지는 청솔 향
오곡에 흐르는 산 바람
육곡에 피어오르는 물보라
칠곡에 솟아나는 무지개
팔곡에 낭낭한 님의 음성
구곡에 떠 있는 님 그림자.

아득히 깊은 계곡에는
그리움이 넘치는데
님을 부르면
나는 그대를 사랑해요
아홉 마디로 아롱져
가슴을 두드리는
구곡폭포.

얼마나 그리우면
저리 급히 달려오나
밤에도 낮에도
님 그리워

애타게 내려 쏟는
구곡폭포.

연인을 부르는
사랑의 메아리로 타오르는
붉은 산 노을.

시선詩仙 김삿갓

부귀도 멀리하고
공명도 마다 한 채

삿갓으로 하늘을 가리고
술 한 잔에 시 한 수로
구름이 내 벗이요
산천이 내 집이라

청산은 둘러두고
굽어 도는 시냇물은
참진 이슬로일세

영월군 하동면 와석리
산 첩첩 물 굽이굽이
양지 바른 만년 유택에
편히 쉬시오라

흐르는 바람소리
산중문답으로 울려오고
떠오는 면화구름
솜이불로 덮으소서

한운야학寒雲野鶴
풍찬노숙風瓚路宿
지난날의 번거로운 삶이
꿈결만 같구나

서울 장안에서
저마다 용이라
외쳐대는 저들이여
이 분을 배우시게

입신도 마다하고
양명도 저버린 채
술 한 잔에 시 한 수로
호기로이 사신 삶
청산에 푸르러
만고에 빛나네.

영월 청령포에 와서

앞은
굽어 도는
동강 푸른 물결

뒤는
천만 길 낭떠러지

귀양을 보낸 자도
귀양을 온 자도 떠나간
지금은
허무의 세월

말없는 청령포의
가슴은 슬프다.

떨어져 나간
세상 인심만큼이나
험한 유배지에서

죄 없이
떨고 있는 갈대들……

오늘도
철없는 강물은
임 두고 온
한양을 향해
밤 낮으로 흘러가는데

흩어진 돌을 모아
쌓아 올린
노산대魯山臺 돌탑을 도는
반 천 년 바람소리.

나무

낮에는 햇빛
밤에는 이슬

나무는
오랜 세월을
서서 먹고 서서 자고
서서 산다.

꽃으로 웃고
바람으로 말하고
낙엽으로 우는 나무.

지리산, 금강산, 묘향산에
구경 가자고
구름이 꼬셔도
발이 떨어지지 않는
슬픈 나무.

그는
선 채로 돌처럼
눈비를 맞으면서
기다리며 산다.

나무는
서서 살다
서서 죽는다.

정 전 停電

마른 하늘
천둥이 일고
번개가 치더니
폭우가 쏟아진다.

금시
천지사방은
암흑으로 변하고
배터리 시계는
삼경을 알리는데

목이 탄
나는

자가동력 엔진에
불을 지펴
그녀의 젖무덤 위에
가슴을 포개며
마침내 하나가 된다.

풍경소리

아내가 10년 만에
고국을 방문하고
내 고향 여주驪州를 찾아
여강驪江변 신륵사神勒寺에서
풍경 하나를 사들고 왔다.

고향을 본 듯
남향 창가에 걸었더니
바람이 스칠 때마다
댕그렁 댕그렁
강물이 흐를 때마다
댕그렁 댕그렁

신륵사 천 년의 여운이
이국땅 계곡에
전설처럼 흐른다.

조상의 얼을 모른 대서야
어디 인간일 수 있으랴
원효, 나옹, 무학 스님의 설법이
저러했으리라

댕그렁 댕그렁
고향 꿈을 꿀 때마다
은은한 풍경소리.

이순耳順의 세월이
어제와 같다
댕그렁 댕그렁……

오늘도
풍경소리에 잠들고
풍경소리에 깨네

영혼의 소리가 저리 맑다니
삶이 곧 꿈이로구나.

탐욕에 가려
보지 못하고
마음이 닫혀
듣지 못하여

3

빈 의자

기도하는 이 아침에

아버지
땀 흘리는 수고도
별로 못하면서
졸부가 되겠다고
이웃들을 괴롭히고
맑은 물을 흐리며 덤비다가
또 한 해를 맞이하는
마루터기에 섰습니다.

마음을 비우고
가슴을 비우고
육신을 비운 후에

당신 앞에 섰을 때의
이 후련하고
정결하고
소박함들을

저희들은 왜
잠시 후엔 잊어버리고
아비규환의 연속으로
살아가야 하는 지를 모르겠습니다.

하늘을 향하여
우러르듯 푸르게 솟아
머리를 조아리는
저 높은 산들을 바라보며
무너져 내리기만하는
저희 자신들을
아버지여
불쌍히 여겨주옵소서.

약육강식
우승열패
적자생존의
피비린내 나는
허세의 벌판을 헤매이던
병든 영혼들이
깊히 잠든 사이에

양털보다 더 흰 눈으로
고루고루 덮어주시고
이제 모두들 깨어서
"새 하늘과 새 땅을" 보라시는
아버지

저희들의
피 같이 붉은 죄를 용서하시고
마음 속에는
백합화의 향내가 흐르고
가슴 속에는
장미꽃의 향기가 솟아나고
이마에는
수고한 땀의 향기가 번지는
삶이 되게 하옵소서.

소수의 욕망으로 인하여
평화가 전쟁으로
화하지 않게 하시고
통일을 이루어
민족이 하나되는
새해가 되게 하옵소서.

갈보리 산 위에 세워졌던
십자가를 바라보면서
저희들도
자기에게 주워진 십자가를 지고
아버지를 따라가는

승리의 삶이 되게 하옵소서.

믿음이 약한 자
소망이 없는 자
사랑이 고갈된 자들이
모두 한 자리에 모여
아버지께 감사하며 기도하는
이 아침이 되게 하옵소서.

6월의 기도

6월에는
사랑하게 하소서.

형제들간의
빗나간 생각으로
가슴과 가슴에
총칼을 겨누고
피로서 피를 씻던
동족 상잔의 6 · 25.

피빛으로 붉던 강물이
다시
푸르게 하소서.

외국의
젊은 생명들까지
불러 들여
강산을 짓누비며
생떼 같은 혼을 사루던
아픈 6월.

이제는

임진강변에
멈춰 선
저 녹쓴 철마가
남북을 달리며

동족 들에게
사랑의 진실을 전하는
뜨거운 가슴의
6월이게 하소서.

서로 만나
통일을 이루는 감격의
한마음 한겨레
한반도 한나라

6월에는
하나되게 하소서.

가을의 기도

가을에는
시를 쓰게하소서

삶의 계곡에서
구절구절이 갈라진 육신과
슬프도록
얇아진 영혼을 위하여
참 위로가 되는
진액의 시를 쓰게 하소서.

나를 내세우느라
남을 뒷전으로 몰고
겉으론 태연한 척
헛웃음을 치며 살아 온
거짓된 삶

이제, 산과 들에
오곡 백과가
따가운 햇볕을 받아
풍만의 미를 드러내듯
저희들의 병든 영혼도
향내를 발하는

시를 쓰게하소서.

뜨락에는
알몸으로 서서
또 하나의 삶을
약속 받는
나무들의 감격

모든 죄인들도 거듭나는
이 가을이게 하소서.

빈 의자

주님
의자 하나를
말끔히 닦아
대문 앞에 놓아 두었습니다.

이 죄인의 집을
찾아 오셔서
문을 두드리실 때
탐욕에 가려
보지 못하고
마음이 닫혀
듣지 못하여
속히
문을 열어드리지 못 하더라도
용서하시고
잠시 앉아
기다려 주십시오
곧 돌아오겠습니다.

주님을 향한
믿음으로 살리라고
다짐하지만

늘 반복하는 어리석음에
영안이 흐리고
육신이 지쳐 있음을
고백합니다.

오늘도
빈 의자에
먼지를 털면서
주님의 말씀을 상고합니다.

"볼지어다 내가 문 밖에서 두드리노니
누구든지 내 음성을 듣고 문을 열면
내가 그에게로 들어가 그와 더불어 먹고
그는 나와 더불어 먹으리라."

오, 오, 주님.

종려나무

하늘
하늘
하늘을 우러러

오르고
오르고
또 오르다가

하늘을 만나서
하늘이 되고

오늘도
거친 땅을 딛고 서서

햇빛과
바람과
이슬을 받으며

자라나는 육신
씻기는 영혼.

노을이 붉은

이 저녁

십자가 거리에 곧추서서
길 잃은 양떼들의
방황을 바라보며

"호산나
다윗의 자손이여
찬송하리로다."

주님을 기다리며
묵상하는 세월.

하늘
하늘
하늘을 향한
종려나무들의
끝없는 갈구.

믿음을 심는 성도들

참으로 복되어라
대서양을 건너 온
청교도들이
복음의 씨를 뿌린 땅에

태평양을 넘어 와
올림픽가에 짐을 풀고
길가에 버려진 터를 다듬어
기름을 붓고
성전을 세웠도다.

여기
성령의 불빛을 찾아 와서
육신이 약한 자가
새 힘을 얻고
심령이 가난한 자가
기쁨으로 거듭나고
마음이 어두운 자가
참소망을 얻었나니

죄인처럼
거친 손길로 뿌린

이민의 밀알들이
레바논의 백향목 같이
우람하게 자라는도다.

어린이는
천사와 같이 지혜롭고
젊은이는
다윗 같이 강건하고
어른들은
아브라함 같이
천복을 누리시네

참으로 아름답도다
이 성전을 들고 나는
양떼들이여
장차
받을 상이 크도다.

흑인 폭동으로
불 탄 페허에서
욥이처럼
재를 뒤집어 쓰고

회개하는
코리안 청교도들의 모습.

지진이 흔들고 간 거리에
햄머를 들고
심령 심령 가슴 가슴 속에
새 하늘과 새 땅을
건설하는
사랑의 손길들……

참으로 성스럽도다
20년을 한결같이
빛의 갑옷을 입은
말씀의 후예들아
"천국이 너희 것이란"
거룩하신 약속이 곧 이루어지리니

장차
받을 상이 크도다
믿음을 심는 성도들이여.

(해람장로교회→평화의교회)

우물

내게는
우물이 하나 있다.

가슴 깊이 홈패인
돌우물 하나

밤마다
정한수를 길어다가
내 가슴
빈 우물에다
가득히 부으시던
어머님
나의 어머님.

내게는
우물이 하나 있다.

가득히 넘쳐나는
생명수

주님은
날마다 날마다

생수를 부으시며
"내가 주는 물은
네가 주는 물과 다르다."
오, 오, 주님.

사모곡思母曲

해방 직후
몹시 가난하던 시절

황금들 자챗벼가
알이 안 차서
빳빳하게 머리 들던 시절

나는
달빛이 쏟아지는
마루 끝에 앉아서
어머님과
대화를 나누고 있었다.

누런 광목교복 보다는
뽀뿌링 같은 달빛 자락을
베어 내어
교복을 만들어 주고 싶으시다던
어머님.

유난히 무덥던
지난 여름밤
불러도 못들으신 채

등불을 들고
머얼리 떠나 가셨다.

오늘도
뽀뿌링 같이
하얀 달빛이
내 마음 속과
뜨락에 가득하다.

축배의 노래
-결혼을 위한 축시

참으로 아름답구나
화려한 의상
꽃다운 미소
싱그러운 몸매.

찬란한
하늘의 축복이
이슬같이 나리는구나

아담아(신랑의 이름)
네 그 황금 같은 날개로
이브(신부의 이름)를
포옹해 주거라
"네 살 중에 살이요
뼈 중에 뼈"가 아니더냐.

두 길로 와서
한 길로 향하는
거룩하고 머언
인생의 여정
때로는 기뻐하고, 성내며
슬퍼하고, 즐겁더라도

너무 곁으로 내색 말거라

삶이란
항상
서로를 의지하고
신뢰하며
끝없이 인내하는 것

사랑은
베풀수록
샘물처럼 솟나니

이제
두 몸 사이에서 태어 날
꽃사슴 같은
자녀들을 맞이하면
너희들은 비로소
아버지와 어머니로
다시 태어나는 것
부족한 생각으로
저들을 서럽게 말거라.

복되어라
선남선녀가
부부의 연으로 맺어져
시작하는
인생의 복된 행로

그 앞길에
아름다운 향기와
싱그러운 열매가
가득히 맺히기를
두 손 모아 기원하노니
부디 끝없이
사랑하거라
행복하거라.

돌우물

내게는
우물이 하나 있다.

가슴 깊이 홈 패인
이당천怡堂泉 돌 우물 하나

날마다 날마다
지혜의 샘물을 길어다
내 가슴
빈 우물에다 채우시는

나의 스승
이당怡堂 안병욱安秉煜 선생님.

내게는
우물이 하나 있다.

가득히 넘쳐나는
생명수

주님은
날마다 날마다

생수를 부으시며
"내가 주는 물을 먹는 자는
영원히 목마르지 아니 하리니."
오, 오, 주님.

두레박

천 년 세월
물이끼 서려
여인네 정한情恨으로
홈 패인 돌우물.

동이 트면
사립을 밀고
마을의 사연을 이고 와
우물가에 둘러 서서
오늘의 전설을 엮네

뼈가 시리도록
차가운 샘물은
내 누이의 꿈과
어머님의 정한수로
차오르나

거친 줄을 내려
길어 올리면
가득히 담겨 오는
낯익은 보름달.

저 낡은
두레박 모서리에
입을 대고
갈한 목을 추기던
낯선 길손은

이 저녁
어느 길목에서
여독에 취하여
잠을 청하는가.

까치집

까치가
집을 짓고 있다
하늘을 향해 곧추 선
미루나무 가지 끝에
우주를 매어 달고 있다.

창공에서
꿈을 키운
새끼들을 몰고
동구 밖 숲으로
떠나간 까치 가족들

빈 둥지에는
천 년 햇살이 알을 품고

저문 길섶에서는
앞가슴이
땀에 젖은
쇠똥구리 두 마리가
석양 긴 그림자를 밟고
기차게
지구를 굴리고 있다.

가을 풍경

간 밤
별빛이
유난히 차게 밝더니
계곡에는
무서리가 내리고

돌배나무 잎이
자지러지게 무르익어
지나던 길손도
취하여 조는데

들길을 지나는 바람이
피리소리가 되어
저무는 이 저녁

기인 산 그늘이
주막에 붐비네.

행낭을 밀고 가는
배달부의 발길에도
정든 사람들의
숨결이 가득한데

고령산 보광사
타는 단풍이
옷깃에 배어

얼굴과
가슴이 붉던
내 소녀는

지금
어느 길목에서
그리움에 취하여
잠을 청하는가.

산가山家의 가을·1

가을은
그리운 생각들이
시詩로 영글어
고여오는 계절.

텃밭 고추가
볼이 붉어 갈 때
잠자리 등도
덩달아 붉어
텅 비인 하늘에
떼지어 원을 그리고

간 밤
서리 맞은 단풍이
상념의 가락을 토하면

한여름
허허롭던 우리도
울가에 자리를 펴고
소반에 둘러 앉아
만숙된 매실주
가을 향에 취하나니

산가山家
숲으로 몰려 드는
산까마귀 떼들도
달빛에 젖어
합창을 하네.

가을은
맨처음 산가로 찾아와
낙엽처럼
추억으로 쌓이는 계절.

산가山家의 가을 · 2

하늘이
낮아지면서
산까마귀 떼들이
마을 어귀
고목 둥걸에 내려 울고

손을 뻗으면
닿을 듯한
텃밭에서는
윤기 흐르는
가을 햇살에
사과볼이 붉어간다.

늦저녁
길게 늘어선
산자락에
수정 같은 서릿발과
속살을 드러낸
샛강 물결을
청실홍실로 엮어
수를 놓으니
금수청산.

어느 새
거리를 맴돌던
해진 바람이 돌아와
야상곡을 트누나

서리를 맞은 단풍에
박꽃 같은 달빛이 깃들어
밤이 깊은 산가에는
시심으로 무르익는
가을 술의 향기.

지금쯤
어느 누가
그리움에 취하여
산길을 오르는가
후미진 고샅에서
쿵쿵쿵 개가 짖는다.

가을 오동梧桐

외진 골목
돌 우물 가득
차가운 달이 고인다.

풍우잔설風雨殘雪에
온 몸이 주름진
오동 한 그루.

전신에
바람을
두루마리로 감고

끝끝이 매어 달린 하늘
마지막 잎새마저 떨구며
마음을 비우고
가슴을 비운다.

한恨이 쌓이면
소리가 되는가
소리가 잦으면
가락이 되는가

오동의
텅 빈 가슴 속에는
피아노
바이올린
첼로의 혼이 살아
춤을 춘다.

그 슬픈 가락이
달빛 같이 푸르다.

가을의 교향시

가을이
낙엽 밟는 소리로
산을 내려오고 있다.

한여름
무더위를 피하여
산 속에 숨었던
바람이

서릿발을 세우는
저녁 무렵
머루향에 취하여
돌아 왔다.

과원의 사과알도
덩달아 볼이 붉어지고
텃밭 토마토도
가슴이 뜨겁게
달아 오르는
가을의 풍만.

모두가 떠나 간

빈 들에 서서
호올로 낡아 가는
허수아비의 영혼같이

너와 나도
가식의 탈을 벗어야 할
이 시각

항상
풋과일처럼
싱그럽기만을 바라던
우리들의
삶의 가락도
이제 조율하여
노을이 타듯
불 붙는 단풍잎처럼
티없이
성숙해야하리.

사계四季

꽃노을
싸리울 가에 붉던 봄

못잊어 애탄 사연
서럽게 띄우다가

한 여름을
은모랫벌 여울목에
갈매기의 넋으로
살았어라.

갈대바람 찬 숲에
산까마귀 내려 울면
밤마다
골목길을 들어 서는
그리운 사람의 발소리.

회색 구름 낮아져
겨울을 알려오면
검푸른 옷자락을
벗어던지고
윙윙 울어대는

겨울나무들……
지금은
눈발 선 머언 산
강바람이 차거니

너와 나도
토담집으로 들어
무릎을 마주 대고
등불을 밝혀야 하리.

설한부雪寒賦

초겨울 눈송이들이
마른 가지 위로
고기비늘처럼
번쩍이며 나리는데

새끼들이 잠든 동굴
길을 잃은
늑대의 울음소리가
계곡을 가른다.

바람을 앞세우고
흰 도포자락을 휘날리며
산을 내려오는
차가운 달.

창 틈으로 스며드는
한기에 젖어
옛님의 숨결로 떨고 있는
촛불이 애처롭다.

한 세기를 잠재우고
새 시대를 일깨우는

여명黎明

지금쯤
어느 곳에서
태반의 아픔을 찢고
또 하나의 생명이
탄생하는가.

데스 밸리Death Valley

삶은 죽음
참 죽음은 영원한 삶.

여기는
부활의 땅
구원의 하늘
죽음을 이기고 일어서는
부활을 보아라.

마지막 피 한 방울
물 한 방울을
남김 없이 쏟아버리고
달아 오른 모래알이 되어
썩지 않는 소금이 되어

어두움의 계곡
절망의 땅에서
죽음을 이기고
영원을 잉태하는
생명의 빛. 빛. 빛.

끝을 모르고 달려 오던

우람한 산맥이
숨죽여 멎고
솟구쳐 오르던
태양의 열기가
불덩어리로
모두를 살라버린
황량한 벌판 죽음의 계곡.

거역의 분노도
용암의 분출을 멈추고
끝없이 침묵하는
유베헤베 분화구

카타르시스의 격랑으로
쏟아 내리던 물줄기를 멈추고
오랜 세월을 굽이쳐 흐르는
모자이크 캐넌을 보아라

머언 전설의 꿈을 향하여
오늘도
푸른 갈기를 날리며
달려가는

재브리스키 포인트의
말발굽 소리……

몸을 낮춰
겸손이 배어나면
저리, 바다보다 낮아지는가
거품 같은 세상을
구름처럼 떠돌다가
티없이 잦아지면
수정같이 맑은
소금으로 남는가.

억조창생의
생명 만큼이나
무수한 모래. 모래알들……

밤에는
달빛에 젖어
은빛 파도로 물결치고
아침 햇살에는
홍보석으로 빛나더니
하루가 저무는 서산 마루

석양 노을에는
황금빛으로 익는구나.

저 벌판에 선
삶의 십자가를 보라
피땀에 젖어있지 아니한가

회오리 바람이 불면
알몸으로 나뒹굴며
부딪치다 부딪치다
잃어버린 분신을 찾으며
울부짖는 아우성

어두움을 뚫고
빛으로 살아 출렁이는
모래언덕.

오늘도
어지러히 널려진
인간들의 발자국을
오억만 년의 바람이
덮어준다.

여기는
부활의 땅
구원의 하늘
죽음을 이기고 일어서는
승리의 부활을 보아라.

통일의 꿈

남과 북

전운, 눈먼 휘장에 가려
55년 분단의 세월을
서로가 서로를
배척하였던
남과 북.

이제는
봄눈 녹는 물소리에
38선 언 땅이 갈라지고
움트는 생명의 숨결.

새 천 년
새 시대의 노래를
함께 부르기 위하여
너무나 오랜 세월을
우리 모두는 인내하고 아파했다.

민족의 심장에서
동녹銅綠을 닦아내고
군사분계선을 뛰어 넘어
두 정상들이 포옹할 때
그 두 가슴의 따스한

체온을 통하여
혈맥 속으로 굽이쳐 흐르던
뜨거운 민족애.

남과 북
7천만 겨레
우리 모두는
감격했다
감동했다
눈물을 흘렸다.

못난 과거는 이쯤에서 묻어버리자
서로가 서로의 책임을 물어
무엇하겠느냐

우리 모두는
백의민족의 후예들……

벗어던지자
깨쳐버리자.
독선과 아집
고집과 편견을

과감히 부서버리자.

불덩어리 같이
이글이글 타오르는
민족의 염원 앞에
조국의 영광 앞에
무엇이 감히 버티겠느냐

남과 북이
손과 손을 마주 잡고
가슴과 가슴을 얼싸 안던 그날
비로소
임진강의 핏기가 가시고
한탄강의 물결이 잠들어
참 평화로구나!

이제 우리
서로의 죄를 용서하고
사랑으로 화해하자
전쟁에서 평화로
분단에서 통일로

동면의 시간이 너무 길었다
반목의 시간이 너무 길었다
적대의 시간이 너무 길었다.

우리의 항로
우리의 뱃길
우리의 육로로
서로 오가면서
우리끼리 하나 되자

7천만 겨레여
삼천리 금수강산이여.

통일의 꿈

통일은 꿈입니다.
희망입니다.
만남입니다.

그래서 우리는
밤마다 꿈을 꿉니다.

피난길
산 모롱이를 돌다
엄마를 놓친 꿈.
남포동 거리를 헤매다
누나를 만난 꿈을 꿉니다.

통일은 한恨입니다.
남과 북이
꿈 속에서 만나
서로 부둥켜 안고 울다가
깨어서도
진짜로 부둥켜 안고 우는
감격의 꿈입니다.

그것을 못해서

우리 모두는 이렇게 괴롭습니다.

통일은 아픔입니다.
너의 고뇌를 내가 알아주고
나의 고통을 그대가
대신 짊어져주는

통일은
서로를 생각하는 맘입니다.
서로가 희생하는 맘입니다.

진짜 통일은
피나는 아픔을 참아가며
가지를 짜르고
줄기를 짜르고
마지막 남은 몸통 속의
신장마저 떼어주며
서로가 나아지기를 바라는
참맘입니다.

이것이 없어서 우리는
이제껏

형제가 피투성이로 싸운
억울한 쌈꾼들이었습니다.

통일은
너도 텅 비우고 나도 텅 비워
네 속에 내가 들어가고
내 속에 네가 들어옴입니다.

이제껏 우리는
헛 살았습니다.
서로를 욕하다
이 모양 이 꼴이 되었습니다.

잘낫다는 사람들의
춤사위에 놀아난
헛삶이었습니다.

우리는
이 세상에
마지막남은 분단의 비극입니다.
참으로 부끄럽고 원통합니다.
어쩌다 이 꼴이 되었습니까

이제라도 늦지 않았습니다.

지배욕, 권력욕, 명예욕,
헐뜯음, 비웃음을 버린다면
통일은 이제라도 곧 옵니다.

그것을 기다리다 간
슬픈 혼들이
우리들의 문 밖에서
서성이고 있습니다.
통일은
문을 열어줌입니다.

통일의 노래

백두산 천지에 영기가 서리고
한라산 백록담에 슬기가 넘쳐

태평양 광망의 바다를
용솟음쳐 흐르는 저 파도소리를
7천만 겨레여
너는 듣느냐
듣고 있느냐.

우리 모두는
한 모습, 한 핏줄, 한 넋으로 지음받은
배달의 겨레들……

어느 누가
우리들의 조국
뛰는 심장 위에
쇠말뚝을 박고
녹쓴 철조망을 느렸느냐.

너와 나는
하나의 언어, 문자, 풍속으로 맺어진
백의의 형제들

실비단같이 고운
한강의 물굽이가
남산을 감아돌고

청류벽 해맑은 물소리
모란봉을 우러르는

여기는
우리의 선열들이
광개토의 열기를 더하고
독립의 피를 뿌리고
통일의 혼불을 밝히던 곳

이 찬란한 대지는
우리들의 혼을 심으며
뜻을 키우며
뼈를 묻어야 할
거룩한 고향.

남의 동포여
북의 겨레여
해외의 교포들이여

네 녹 쓴 욕망을 버리고
내 낡은 탐욕을 씻는다면
잘린 허리 판문점을 흐르는
임진강 물소리도
평화를 노래할 것을

반도 삼천리는
우리의 조상들이 물려 준
민족의 성지.

여기에
너와 나의 숨결로
자주의 꽃을 피우자
민주의 꽃을 피우자
통일의 꽃을 피우자.

아!
무궁한 영육의 보금자리
우리들의 금수강산.

고구마

엘에이에 가는 길에
아내가 따라 나오며
밤고구마를 사오라 한다.

한남 – 체인에 들러
고구마 여나무 개를 사서
몇 개는 쪄 먹고
나머지는
은종이에 싸서
벽난로 불에 구워 먹고

두어 개를
빈 병에 물을 채우고
세워 두었더니

머리 부분에서 싹이 돋고
발치에서
실뿌리가 나
민족의 희망 같은
강한 줄기가 뻗기 시작한다.

아버님께서

감자와 고구마를
심으시던 모습을
곁에서 어깨 너머로
늘 지켜 보았던 터라
몇 줄기 잘라
뜨락에 심었더니
내 영토가 좁을세라
주야로 뻗어나간다.
마치
경의선 줄기 같기도 하고
경원선 레일 같기도 하다.

어서
가난한 북녘땅으로
힘차게 달려 가
내 겨레 허기진
저들의 주린 가슴에
식량이 되거라
영혼의 양식이 되거라.

남과 북
백의민족의

절절한 민족애가
저 고구마 넝쿨처럼
줄기차게 뻗어가
우리 어서 손을 잡자.

형제요 동족이 만나는데
무엇이 문제요
지체의 이유가 되겠느냐?

백두산과 한라산의
푸른 기상과 같이
굳세고 빛나는
조국 통일을 이룩하자.

홍익인간 경천애인의
자랑스러운 후예들아.

독도

머얼리
홀로 서서

태평양 물결에
발을 담그고
차갑지만 않은
검은 돌의 온기.

가슴 속에는
날마다 차오르는
한민족의 얼
그윽한 숨결

간간이
딸각딸각
왜인들의 게다 소리가
변죽을 울리지마는

밤에는
초롱초롱한 별빛
낮에는
청순한

갈매기 떼들의 노래

아득히
홀로 서서
오늘도
외롭지만 않은
선돌Menhir의 집념

독도, 너는
우리 코리안의
사랑스런 막동이.

찰스Charles 강변에서

누가
젊음들을
저리도 강하게 키웠는가.

거리거리 골목골목을
등에는 백팩을 짊어지고
퍼덕이는 모습들.

오늘도
대성양을 향하여
꿈을 실어 나르는
Charles 강변에는
이상의 별 하버드와
현실의 별 M. I. T.가
Boston 벌에 빛나고 있다.

누가
젊음을
영원한 미래라 하였는가

지구촌 곳곳에서
번득이는 눈빛으로

진리의 숙제를 풀기 위하여
다투어 모여드는
신비의 숲
Charles 강변.

여기에
젊음이 흐른다
희망이 흐른다
불타는 이성들의
끝없는 대화가
밤을 새워 흐른다.

세계의 지성이 굽이치는
Charles 강.

뉴욕 청과시장에서

뉴욕
청과시장엘 가면
지구본같이 둥근 수박을
산더미같이 쌓아놓고
하나씩 생수를 터뜨려
마른 가슴을
적셔주는 사람들이 있다.

노인은 옆 의자에 기대어
세월처럼 졸고
목마르던 저들은
하나같이
가슴이 노을처럼 붉게 익어
돌아가고 있었다.

한가한 시간을 틈내어
지구본처럼 생긴 수박을
돌려보며
고향을 찾는
추억의 얼굴
그리운 사람들……

저들은
푸른 수박에서 나온
둥근 씨앗으로
또 하나의
고향을 심어
삼십 배, 육십 배, 백 배의
열매로 키우려고
밭을 갈고 있었다.

우리 모두는
지금
목이 마르다.

개척에 목이 마르고
탐구에 목이 마르고
통일에 목이 마르다.

구절이 구절이 갈라진
육신의 땅에
정신의 씨앗을 뿌리는
코리안들……

이들은 오늘도
뉴욕 청과시장에서
고향달처럼 둥글게 생긴
수박을 터뜨려
갈한 가슴들을
적셔주고 있었다.

저봐, 저봐,
노을처럼 빨갛게
가슴이 물들어 돌아가는
저들을 좀 봐,
뉴욕 하늘이 온통
노을에 젖어 있다.

맨해튼

맨해튼 빌딩 — 숲
몰려드는 오색 바람

티파니 보석 위에
반짝이는 아침 햇살

된장찌개 내음 가득
아련한 고향길

구름 속 마천루에
붉게 타는 저녁놀.

회나무 그늘의 추억
- 貞信을 위하여

여기
낯익은 얼굴로 모인
우리 모두는
진리의 푸른 숲
생명의 동산에서

굳건한 믿음
고결한 인격
희생적 봉사의 가르침 속에서

학문을 익히고
사랑을 배운
정신貞信의 가족들……

봄 바람 가을 비
여름 더위 겨울 눈발을
인내로 견디며

교정에 우람히 버티고선
회나무 그늘 아래서
믿음의 제단처럼
돌단을 쌓으며

자라온 배움의 동아리들.

오늘도
김마리아 언니의
뜨거운 애국 혼이
묵묵히 서려
한강수처럼
도도히 흐르는
정신의 숭고한 건학이념이여!

우리 정신의 딸들은
연지동 교정의 아름다운 추억과
잠실 새 터전의
웅대한 꿈들을
가슴가슴에
계명처럼 아로새기며
창립 114주년의 웅지를 펴노라.

이제 우리 모두는
세계를 향해 달려나가는
사명의 딸들
그리고 어머니들

더 멀리 더 강하게 펴져
예수 그리스도의
사랑을 전하며
참되게 자라거라
정신貞信의 자랑스러운 딸들아.

은행나무 그늘의 추억

우리 모두는
명륜동 진리의 동산
은행나무 그늘에서
지智, 인仁, 용勇
천하 달덕의 가르침 아래
인仁, 의義, 예禮, 지智
인류의 대덕을 꿈으로 키우며
스스로 내일을 다짐하던
지성의 심볼들……

"해와 달의 두 바퀴는
하늘과 땅의 눈이요
시서 만 권의 책 속에
성현들의 마음이 담겨 있네."
(日月兩輪 天地眼 詩書萬卷 聖賢心)
이를 믿고 따르며
책 갈피갈피마다
황금색 은행잎들을
선조들의 교훈처럼
끼워 넣던 손길들……

그때 우리들은

서로를 바라보면서
사랑하며 행복하였던
배움의 동아리였어라.

참으로 웅대하도다
푸르고 줄기차게 솟은
응봉應峯의 자태여!
청용靑龍의 기백이여!

오늘도 대성전 뜨락에
우람히 서서
황금빛 은행잎을 흩날리며
성균인들의 미래를 축복하는
문행文杏.

우리 지금
고국이나 이국
그 어느 곳에 있을 지라도
"인재에 이르지 못한 이들을
인재로 키우고
풍속이 다른 이들을
풍속이 고르게 다듬는"

(成人材之 未就, 均風俗之 不齊)의
6백년 학통을 이어가며
승리의 탑을 쌓아가자
성균의 가족들이여.

권순창 시인 영전에

가는구나
가는구나
청천백일
뇌성 같은 슬픔

천 년 물살
태평양 물굽이를
초연히 밟으며 가는구나

천상의
빗소리를 들으러 가는가
그 빗소리를 따라 가는가

저리 가면
그대가 솟아난 조국
안동땅 나오는데

억겁의 물굽이를
굽이굽이 돌며
눈에 밟혀
애닳게 정든
목소리들

눈망울들
어이 두고 저리 가는가

오대양 육대주
푸른 물결을 따라 돌리라
세계를 방랑하며 돌리라

소리치며 분노하던
서러운 땅
개들의 도시

그 질책이 어디
나의 본심이었으랴
염원이었으랴
모두를 이해하고
용서하며 떠나노라
나의 사랑하는 친구들이여

가는구나
가는구나
1999년
시월 열흘

붉은 햇살
푸른 물굽이를
비단자락처럼 밟으며
육신의 분말들을
흰 눈 뿌리듯
가없이 날리며
태평양 물결따라

가는구나
가는구나
끝없이 가는구나

아름답던 나의 삶이여
그리운 얼굴들이여.

* 고인의 유언에 따라 나의 집례로 L. A. 서해(태평양) 레돈도비치에 유
  족·문인들과 장례를 치렀음.

한얼의 횃불을 높이 들며

– 이민 백년에 부쳐

조국이
가시밭길을 걸으매
님도 개척의 험한 길을 택하시고

1903년 1월 13일
102명의 선조들이
민족의 한恨을 가슴에 안고
하와이
사탕수수밭에 닻을 내리시니

님들께서
이민자의 설움
이민자의 고통
이민자의 눈물을 뿌리시며
아메리카 신대륙에
뿌리를 내리실 때

"나는
밥을 먹어도 대한의 독립
잠을 자도 대한의 독립
죽을 때까지 대한의 독립."
우리 민족의 선각자

도산 안창호 선생의 말씀을
민족의 경전처럼
가슴 깊이깊이
아로새기시고

손 찔려 오렌지를 따시고
사탕수수밭에서
흘리시던 피와 땀
그 거친 손으로
떨며 바치신 독립자금으로
저희들은 비로소
조국광복을 얻었나니

님들은
민족의 얼이십니다
민족의 힘이십니다
민족의 뿌리십니다.

그 기쁨
그 감격
그 영광을
이민 백년을 맞는

오늘
님들께 드리나니
기뻐하옵소서.

우리 모두는
경천애인敬天愛人
홍익인간弘益人間의 빛나는 후예들……

저희들이 님들의 뜻을 받들어
젊은 대륙 황량한 벌판에
믿음의 영토
지식의 영토
경제의 영토를 넓히며
한민족의 힘을 기르겠습니다.

이제
갈라진 조국을
하나로 모아
통일을 이룩 하오리다
축배의 넘치는 잔을
님들께 바치오리다.

우리 모두는
한의 얼
한의 꿈
한의 혈맥
승리의 노래를
힘차게 부르오리다.

* 이 시는 미주 한인 이민 100년사百年史에 수록되었음.

금강산의 詩學

　금강산은 태백산맥 북부의 최고봉인 비로봉(1,638m)을 중심으로 회양, 통천, 고성, 인제에 걸친 주위 약 40km의 세계적 명산이다. 기암괴석으로 이루어진 기봉奇峰, 암주岩柱, 암대岩臺, 단애斷崖로 1만 2천 봉이 폭포, 소沼, 여울과 어우러져 장관을 연출한다.

　금강산은 크게 내금강, 외금강, 해금강으로 구분된다. 온정리를 깃 점으로 신계사터, 금강문, 옥류동, 연주담을 거쳐 가노라면 좌측에 여성적으로 내려 쏟는 비봉폭포가 있고, 우측으로 고개를 돌리면 남성적으로 시원스럽게 내달리는 구룡폭포가 보이는데 여기까지가 구룡연 코스다. 다음으로 관음폭포, 육화암, 삼선암, 귀면암, 절부암으로 오르는 만물상 코스가 있고 장군대, 삼일포를 통하여 해금강에 도달하는 해금강 코스가 있다.

　봄에는 금강산金剛山, 여름에는 봉래산蓬萊山, 가을에는 풍악산楓嶽山, 겨울에는 개골산皆骨山으로 불리우고, 승가에서는 열반산涅槃山, 지단산枳担山으로 부르기도 한다.

　중국의 시인 소동파도 "고려국에 태어나서 금강산을

한번 구경하였으면 원이 없겠다.”(願生高麗國 一見金剛山)고
하였으니, 그 산의 아름다움을 가히 짐작 할 만하다.

"설악산 가는 길에 개골산 중을 만나 중 다려 묻는 말이
이사이 풍악이 어떠타 하니 연하여 서리치니 때맞은가 하
노라.”고 시인 조명이는 시조로 산경의 우아함과 타는 단
풍의 아름다운 모습을 읊어주고 있다.

일찍이 서산대사는 금강산은 아름다우나 웅장하지 못
하고, 지리산은 웅장하나 아름답지 못하며, 묘향산은 아
름답고 웅장하다.(金剛山 秀而不莊. 智異山 莊而不秀, 妙香山 秀而亦
莊)고 조국 강산의 순례 소견을 피력하였다. 북의 금강과
남의 설악은 우아미의 상징이요, 가을 단풍의 아름다움으
로는 내장산, 금강산, 설악산을 꼽고 있다.

시인 이태백은 춘야연春夜宴이란 시에서 "천지는 만물이
깃 드는 여인숙이요, 광음은 백대를 지나는 영원한 나그
네”(天地者 萬物之逆旅, 光陰者 百代之過客)라고 노래했다. 그는
풍찬노숙風餐露宿과 한운야학寒雲野鶴의 낭만을 즐기며 시
와 술로 인생을 벗하면서 살다갔다.

중국의 옛 시인 두자미杜子美가 산행이란 시에서 "서리
를 맞은 단풍은 2월이 꽃보다 붉다.”(霜葉勝於 二月紅花)고 단
풍의 진미를 구가 한 것도 탄성을 보낼만하다. 옛부터 산
은 선禪과 통한다 믿었으며 진시황秦始皇도 장생 불사를
위하여 삼신산으로 불사약을 구하러 보냈다한다. 삼신산
을 중국에서는 봉래산蓬萊山, 방장산方丈山, 영주산瀛州山을
말하고, 우리 나라에서는 금강산, 지리산, 한라산을 이름
하였다.

남효온南孝溫의 금강산 유기에서도 "수백 수천의 물줄기

가 한 고을로 모여들어 수많은 폭포로 일대 장관을 이루고 있는 만폭동萬暴洞, 기암 괴석으로 오만가지 형태를 이루고 있는 곳이 만물상이며, 수천개의 탑으로 신비 경을 이룬 백탑동이며, 장안사, 표훈사, 유점사, 신계사 등, 크고 작은 사찰과 암자가 8만 9암자라고 기록하고 있다.

가을은 사색의 계절이요, 회상의 계절이며, 우수의 계절이기 때문에 일초일목의 정경과 변화의 소리에 눈이 돌려지고 관심이 가는 계절이다. 선인들이 "낙엽 하나가 땅에 떨어지니 온 천하가 가을이로구나."(一葉落下 天下之秋)라 하였다던지 "오동 잎 하나가 땅에 떨어지매 천하의 가을이 왔음을 알 수 있다."(梧桐一葉落 天下盡之秋)라고 한 것을 보아도 깊은 상념과 사색의 깊이를 감지 할 수 있다. 가을은 자연의 변화를 통하여 인생의 깊이를 깨달을 수 있는 사고와 명상의 계절이다.

서산대사西山大師는 85세로 묘향산에서 입적할 때 임종 게송으로 "생이란 한 조각 구름이 일어남이요, 죽음이란 한 조각 구름이 스러짐이다, 뜬구름 자체가 본시 실체가 없는 것, 나고 죽고 오고 감이 모두 그와 같도다."(生也一片 浮雲起, 死也一片 浮雲滅, 浮雲自體 本無實, 生死去來 亦如然)이라고 인생의 근본을 일러주었다.

금강산은 산의 아름다운 자태도 자태이려니와 묘한 구름과 신비로운 안개로 산의 가슴을 수시로 가리고 열림이 그림과 같다 이른다. 그래서 선인들은 금강산을 주마간산走馬看山 식으로 한두 번 보고서는 함부로 평을 말라고 하였다. 산자수명山紫水明은 인간의 마음을 악에서 구하고 역리를 순리로 바꿔 놓는다. 성현 공자孔子도 "마음이 어진

자는 산을 좋아하고, 지혜가 있는 자는 물을 찾는다."(仁者
樂山 智者樂水)라고 가르쳤다.

현대인들이 진보된 문명 속에서 성품이 강팍해져 가는
것은 노자老子가 말한 무위자연無爲自然의 고귀한 철학을
망각하였기 때문이다. 가을이 되면 낙엽이 뿌리로 되돌아
가는 낙엽귀근落葉歸根의 천리와, 자연의 순리를 거스르지
아니하고 자연으로 돌아가는 순응의 원리가 중요한 것이
다. 산행에서 경건과 엄숙의 마음을 배우는 것은 동서양
을 구분할 여지가 없다. 시인 괴테는 알프스 산을 넘으면
서 그 웅장한 미에 감동되어 모자를 벗고 절을 하였다고
한다. 위대한 창조주시여, 소생은 '젊은 벨텔의 슬픔',
'파우스트' 같은 소품을 쓰고 시성이라 부름을 받는데 어
찌 이런 웅장한 작품을 완성해 놓고 말이 없으십니까?"
하였다 한다.

생육신의 한 사람인 매월당 김시습은 "산을 즐기고 물
을 좋아하는 것은 사람의 상정이다. 그러나 나는 금강산
을 구경하며 산에 올라서는 웃기만 하였고, 물에 임해서
는 울기만 하였노라."(樂山樂水 人之常情, 而我卽 登山而笑, 臨水而
哭) 이라고 감격 스러운 시를 남겼다.

이는 마치 김황원이 대동강의 경치를 보고 일필휘지一
筆揮之 "대동강수는 용용수요, 대야동두는 점점산."(大洞江
水 溶溶水, 大野東頭 點點山)이라 써 놓고 그 뒤 문장을 이을 수
없어서 부벽루 기둥을 붙들고 울었다는 고사와 같다.

시인 난고 김삿갓(병연)은 금강산을 구경하고 "소나무는
소나무 잣나무는 잣나무, 바위는 바위끼리 돌아들고, 물
과 물 산과 산 만나는 곳, 기상 천외로구나, 손이 한 자만

길었으면, 하늘을 만질 듯한데, 돌은 천년을 굴러도 속세에 이르지 못하는구나.(松松栢栢 岩岩廻, 水水山山 處處寄)(이근배 역)라고 읊었다. 김삿갓은 선천 방어사 김익순이 홍경래난 때 비굴하게 항복한 것을 질책하는 시로 장원급제하였으나 후에 그가 조부인 것을 알고 조상에게 죄를 지은 몸 하늘에 낯 들 수가 없다하여 일생을 삿갓을 머리에 얹고 삼천리 강산을 술과 시로 방랑하다 전남 화순에서 57세로 일생을 마감한 이 땅의 이태백이었다.

그가 방랑 중, 가난한 옛 친구를 찾아갔을 때, 멀 건 죽한 그릇을 그 앞에 내어놓고 겸연쩍어 하는 모습에 김삿갓은 "네다리 소나무 소반에 내어놓은 죽 한 그릇에 하늘 빛과 구름 그림자가 떠 있도다, 그러나 주인은 미안하다 말라, 나는 물위에 비치는 청산을 사랑하노라."(四却松盤 粥 一器, 天光雲影 共俳徊 主人莫道 無顔色 吾愛靑山 倒水來)고 벗을 위로 하였다.

시를 사랑하는 시인은 시에 못지 아니하게 친구를 사랑한다. 일찍이 이태백은 그보다 11살이 위인 맹호연孟浩然을 만나서 양양襄陽 녹문산鹿門山에 은거하여 유유자적하고 있는 모습을 보고 흠모하여 보낸 시 "맹호연에게 보냄"(贈孟浩然)에서 "나는 맹부자를 좋아 하느니, 그의 풍류온 천하가 다 아는 것, 젊은 시절에는 벼슬을 팽개쳐 버리고, 늙어서는 송림과 구름 속에서 노니는구나, 달에 취해서 술을 마시고, 꽃에 반하여 임금을 섬기지 않으니, 아득히 높은 산을 어찌 가히 우러르랴, 오직 향 맑은 인품에 고개 숙일 뿐이네."(吾愛 孟夫子 風流天下聞 紅顔棄軒冕 自首臥松雲 醉月頻中聖 迷花不事君 高山安可仰 徒此把淸芬)라고 칭송하였다. 과연 이에 견줄 만 하다.

김삿갓은 금강산 비경에 취하여 "우뚝 솟은 금강산, 높은 봉이 일만 이천, 평지를 향해 내려오나니, 삼일 밤을 두고 푸른 하늘에서 머문 것일세."(矗矗金剛山 高峰萬二千, 逐來 平地望 三夜宿靑天)이라고 하였다.

"단풍이 이렇게 고운 줄 몰랐다…… 옷을 훨훨 벗어 꼭 쥐어짜면 헹궈낸 빨래처럼 진주홍 물이 주르르 흘러내릴 것만 같다." 정비석의 금강산 기행 〈산정무한〉에 나오는 단풍 애찬의 정경이다. 금강산 마하연 부근에는 마의태자 麻衣太子의 능이 있다. 무덤 가 비에 젖은 두어 평 잔디밭 테두리에는 잡초가 우거지고, 석양이 저무는 서녘 하늘에 화석化石된 태자의 애기愛騎 용마의 고영孤影이 슬프다. 무심히 떠도는 구름도 여기서는 잠시 머무는 듯 소복한 백화(白樺)는 한결 같이 슬프게 서 있고 눈물 머금은 초저녁 달이 중천에 서럽다.

"태자의 몸으로 마의를 걸치고 스스로 험산에 들어온 것은 천년 사직을 망쳐버린 비통을 한 몸에 짊어지려는 고행이었으리라. 울며 소맷귀 부여잡는 낙랑공주樂浪公主의 섬섬옥수纖纖玉手를 뿌리치고 돌아서 입산 할 때 대장부의 흉리胸裏가 어떠했을까? 흥망이 재천이라 천운을 슬퍼한들 무엇하랴만 사람에게는 스스로 신의가 있으니 태자가 고행으로 창맹蒼氓에게 베푸신 두터운 자혜가 천년 후에 따사롭다."고 정비석은 기록하고 있다.

김삿갓은 태자의 무덤에 이르러 그이 죽음을 읍도하고 "빛나는 천년사직을 누구에게 내어주고 보위에 오를 몸이 잡초 속에 누웠는가 어즈버 흥망성쇠가 꿈이런가 하노

라.”라고 읊었다. 약사암, 백운담, 도솔암, 가엽암, 선암,
능허봉, 영랑봉, 일출봉, 월출봉, 백옥봉, 옥선봉 서산대사
가 살았다는 백화암, 사명대사가 거했다는 수미암 등, 어
느 하나 장관이 아닌 것이 없고 비경이 아닌 것이 없다.
　김삿갓이 선승禪僧 공허空虛 스님을 만나 그와 나눈 댓구
의 시는 실로 명편이다. 공허가 먼저하고 김삿갓이 댓구
하였다. 들어보자.

아침에 입석봉에 올라오니 구름이 발 밑에 생겨나네.
(朝登立石雲生足)
저녁에 황천담에 물을 마시니 달이 입술에 걸린다.
(慕飮黃泉月掛唇)
소나무가 남으로 누웠으니 북풍임을 알 수 있도다.
(澗松南臥知北風)
대 그림자가 동쪽으로 기울었으니 석양임을 알 수 있소.
(軒竹東傾覺日西)
깍아 지른 절벽에도 꽃은 피어 웃고 있네.
(絶壁雖危花笑立)
봄은 더없이 좋아도 새는 울며 돌아가오.
(陽春最好鳥鳴歸)
하늘 위의 흰 구름은 내일엔 비가 될 것이요.
(天上白雲明日雨)
바위 사이의 낙엽은 작년 가을 것이로다.
(岩間落葉去年秋)
그림자가 푸른 물에 잠겼건만 옷은 젖지 않소.
(影浸綠水依無濕)

190

꿈에 청산을 답사했건만 다리는 고달프지 않네.

(夢踏靑山脚不苦)

청산을 사고 보니 구름은 절로 얻어지오.

(靑山買得雲空得)

맑은 물가에 오니 물고기가 절로 따라오오.

(白水臨來漁自來)

산에서 돌을 굴리니 천 년 만에야 땅에 닿소.

(石轉千年方到地)

산이 한 자만 더 높으면 하늘에 닿았겠소.

(峰高一尺敢摩天)

달도 희고 눈도 희고 하늘과 땅도 희오.

(月白雪白天地白)

산도 깊고 물도 깊고 나그네의 시름도 깊소.

(山心水心客愁深)

등불을 켜고 끄기로서 밤과 낮이 갈리오.

(燈前燈後分晝夜)

산은 남쪽과 북쪽으로 음양을 알게되오.

(山南山北判陰陽)

구름은 초동의 머리에서 일어나오.

(雲縱樵兒頭上起)

산은 아낙네 빨래 방망이 소리로 울리오

(山入漂娥手裏鳴)

그들은 말술이 비워지는 줄 모르고, 삼경이 지나는 줄
도 아득히 잊고 시심에 취하였다.

김삿갓은 술잔을 기울이고 옛시를 한 수 되뇌였다. "장부는 반드시 지기를 만나게 되는 법, 한세상 유유히 군말 없이 살고지고."(丈夫會應有知己 世上悠悠安足論)하니 공허는 장위의 시로 "술이 있으면 얼추 취하는 그대가 부럽고, 돈이 없어도 근심 안 하는 그대가 부럽소."(羡君有酒能便醉 羡君無錢能不優)라고 댓구하였다.

이는 바로 이태백의 〈산중문답〉이란 시에 "물 위에 복사꽃 흘러가는 것을 보니 여기는 인간 세계가 아닌 별천지."(桃花流水杳然去 別有天地非人間)라고 읊은 것과 무엇이 다르랴.

당나라 시승 석영일釋靈―은 〈승원僧院〉이란 시에서 "청산은 무한하여 가도 끝이 없고 흰 구름 깊은 곳엔 중도 많다."無限靑山行慾盡 白雲深處老僧多고 읊은 것이 마치 금강산의 모습을 읽은 듯하다.

소동파의 시에 "푸른 산은 지붕 위에 있고 흐르는 물은 지붕 밑에 있다. 뜰은 손바닥 넓이 밖에 안되건만 꽃과 대나무가 잘도 자랐네."(靑山在屋上 流水在屋下 中有五묘(畝)園 花竹秀而野)라는 정경과도 흡사하다. 명시인들의 시심과 감흥이 인간들의 마음을 흔들고도 남음이 있다.

명종 때 풍류객이었던 양사언楊士彦은 회양 군수로 부임해 왔다가 금강산에 반하여 숫제 이름을 양봉래楊蓬萊로 고치고 "태산이 높다하되 하늘아래 뫼히로다 오르고 또 오르면 못 오를 리 없건마는 사람이 제 아니 오르고 뫼만 높다 하더라."고 시를 읊었다. 금강산에 만폭동萬暴洞이란 필적은 그의 것이라 전해온다.

인간은 이성과 감정이 조화를 이루면서 스스로 자제하고 극기하는 명철의 존재다. 명산 대천을 순례하며 몸을 수련하고 정신을 맑게 하며 인격을 수련하는 것이 참된 지성의 길이다. 신라의 화랑도가 바로 그것이다.

선인들은 "말이 놀라거늘 혁 잡고 굽어보니 금수 청산이 물 속에 잠겼세라 저 말아, 놀라지 마라, 그를 보러 왔노라."고 노래하면서 강산을 방랑하였다. 낭만과 시정은 인간이 인간답게 살아 가게 하는 활력소다. 가난하면서도 등촉을 밝히고 글을 읽고 시를 쓰던 그들, "청초 우거진 골에 자는다 누었는다 홍안을 어디두고 백골만 묻혔는다 잔잡아 권할이 없으니 그를 슬퍼 하노라." 평안도사로 부임하던 시인이요, 문사이던 백호白湖 임제林悌가 개성을 지나면서 명월 황진이의 무덤을 거저 지나칠 수 없어 술 한 잔, 시 한 수를 드린 죄로 임지에 당도하기도 전에 파직되었으나 파안대소 기뻐하던 모습이 장부답다.

지혜와 덕망이 있는 지사와 인인仁人들은 산수를 즐겨 찾고 그를 사랑했다.

백이숙제가 그랬고, 죽림칠현이 그러하였으며, 퇴계 이황의 〈도산 12곡〉, 이이 율곡의 〈고산 구곡가〉, 송강 정철의 〈송강가사〉, 고산 윤선도의 〈고산유고〉가 다 이러한 마음의 표현들이다.

사육신의 한사람인 매죽헌梅竹軒 성삼문成三問은 "이몸이 죽어가서 무엇이 될고하니 봉래산 제일봉에 낙락장송 되얏다가 백설이 만건곤할제 독야청청 하리라."라고 삶의 의지와 신념을 노래하였다. 그는 그의 의지대로 봉래산의 낙락장송처럼 당당하게 살다갔다. 오늘도 그의 이름은 우리 민족의 가슴속에 푸르게 살아서 향기롭다.

금강산은 백두, 묘향, 태백, 설악, 오대, 지리, 한라산과

더불어 한반도의 대들보를 이루는 백두대간으로서 우리
민족의 상징이요, 염원이 배어있는 명산들이다. 분명 산
은 인간의 영원한 고향이다. 오늘 금강산을 향하는 우리
의 마음과 가슴이 복 바치는 연유가 바로 여기에 있다. 금
강산에서 선조들의 시심을 바로 읽고 배우며, 우리도 그
들의 후예답게 아름다운 시로서 그들의 뜻에 화답하리라.

* 참고문헌:
정비석 《비석과 금강산의 대화》, 《소설 김삿갓》
고은 《북한기행》
유홍준 《북한문화유산 답사기》
장기근 《이태백평전》
이기문 《역대시조선》
황병국 《한국명인시선》, 《김삿갓시집》

금강산 기행

조국 분단 반세기만에 그리운 금강산을 찾아간다는 기쁨과 북한 땅을 밟는다는 흥분감에 잠을 설치고, 아침 7시에 서울을 떠나 속초에서 설봉호에 올랐다.

미국에서 나간 60여명 외에 국내 관광객을 합쳐 천여명 가까운 대가족들이 미지의 세계를 찾아가는 이방인들처럼 술렁거렸다. 현재 연결공사 중인 속초에서 고성까지 동해선 철로가 완공되면 30분이면 도착할 수 있다는 거리를 우리는 너무 많은 세월을 허비하고 기다렸다.

오후 2시, 속초 항을 떠나 4시간 반만에 장전항에 도착하였다. 어두움이 깃들어 잠을 청하려는 듯 다소곳이 우리 일행을 맞이하는 금강산. 동해의 푸른 물결이 일궈낸 운무로 목욕을 한 탓인지 더욱 청순해 보이고 단장한 신부 같았다.

고즈넉히 누워 있는 북녘 조국, 온정리 텃밭에서는 주민들의 밭일이 계속되고 있었다. 어두움을 밟고 괭이로 밭을 일구는 북녘 주민들, 그 긴 그림자가 마치 밀레의 '만종' 처럼 진지하기도하고 한편 애처로워 보이기도 하였다.

　우리 일행은 배정된 숙소에 여장을 풀고 잠을 청하였으나 잠이 올 리 만무, 더러는 노래방으로, 몇몇은 금강산 소주로 정을 달래며 첫잠을 깨고 나니 창밖에는 외등만 졸고 있고, 기대와는 달리 후두둑후두둑 빗방울이 튕기고 있었다.

　아침에 일어나니 우의를 준비하라는 우리들 조장의 당부가 있었다. 지난번 태풍 루사의 급습으로 600여 미리의 비가 내려 만물상 가는 길과 해금강 가는 길은 다리가 끊기고 길이 패어 계획이 변경되었다.

　하여, 첫날은 신선들이 모여 섰다는 집선봉과 흔들바위, 배 바위가 있는 동석동動石洞코스로 우중 기행을 떠났다. 휴지조각 하나 담배꽁초 하나를 떨어트려도 벌금을 물리는 엄한 관리 탓인지 천연의 아름다움을 그대로 간직하고 있는 모습이 소중하다고 느꼈다.

　수천년을 불교 문화의 영향 속에 지내온 사실을 이곳에 와서는 더욱 절실하게 느낄 수 있었다. 금강산 이름 자체가 불경 금강경에서 유래되었다는 설과, 신선들이 모여 섰다는 집선봉, 비로봉, 세존봉 등, 이루 헤아릴 수 없는 산봉우리의 이름들이 그러하다.

　빗속에 진흙길을 미끄러지고 넘어지면서 한 고개를 넘으면 폭포요, 또 한 고개를 넘으면 낙낙장송이 근심 없이 자란 수림의 장관, 산 첩첩 물 굽이굽이, 절경의 연속이다. 록키산맥이나 요새미티 바위처럼 웅장하지는 못하나 섬세와 우아미, 그리고 온 산을 총총히 들어선 기암 괴석은 가히 천하 일품이다. 일찍이 서산대사가 지적하였다는

'금강산은 아름다우나 웅장하지 못하다.'는 말씀에 공감하였다.

저녁에는 금강산 온천에서 온천욕으로 쌓인 피로를 풀어 버리고 일찍 잠자리에 들었다. 평소에는 마음 깊은 곳에 이야기를 털어놓지 못하던 친구 사이라도 여행 중에는 서로 속마음을 열고 진지한 대화를 나누는 모습들이 정겨웠다.

선인들이 그의 인품을 바로 알려면 함께 여행을 떠나 보라고 한 일화가 생각난다. 다음날은 구룡련 코스로 떠났다.

어제와는 달리 오늘은 날씨가 쾌청. 모두의 마음과 발걸음이 가볍고 밝다. 외금강과 해금강은 현대가 맡아서 운영하고 내금강은 북한 주민들에게만 개방되고 있었다. 때문에 남한 관광객은 내금강에 갈 수가 없어서 최고봉인 비로봉과 절경이라는 만폭동, 그리고 천년의 한을 품고 잠들었다는 마하연 마의태자 능을 볼 수 없음이 못내 아쉬웠다.

금강산

해동의
슬기 기氣로 뭉쳐

춘하추동
금강
봉래

풍악, 개골산으로
한얼 백성들의
우람한 가슴에
빛으로 솟아 영롱하구나

하룻밤 자고 나면
동해 운무로
머리를 감고
칠보단장한
새 신부가 되어
칠천만 연인들을
설레게 하나니

저마다 보석으로
찬란히 버티고 선
만물상.

겨레의 꿈처럼
아름다운 팔선녀八仙女의 그윽한 전설이
넘쳐 흐르는 옥류동 계곡
민족의 기상으로
요동치는
구룡의 용트림

밤 낮으로
하늘과 땅을

뒤흔드는
구룡폭포의
우레와 같은 함성이
우리 한민족의
얼을 깨우는구나.

봄빛, 여름 볕
가을 단풍
겨울 눈발 속에서도
억 년 세월을 초연히
한민족의 기상으로
솟아오르는

백두대간의 젖꼭지
금강산.

　구룡련 가는 길은 좌우의 청용과 백호가 하나같이 만학천봉萬壑千峰의 기암절벽으로 병풍을 이룬다. 금강문을 지나면 좌측엔 비봉폭포가 층암절벽으로 천년의 비정함묵을 깨고 소리 높여 쏟아지고, 우측엔 부창부수 구룡폭포가 명주 비단폭처럼 힘차게 내려 붓는다. 누군가 이 바위를 미륵 같다하여 '미륵불'이라 크게 써넣었다.
　우선 상팔담을 오르기로 하였다. 시인 두자미의 표현처럼 '서리를 맞은 단풍은 2월의 꽃보다 붉다.'는 사실을 새삼 실감하면서 8선녀를 만나 보기로 하였다. 한 굽이 오르면 열두 계단, 다시 물소리를 들으며 오르면 오를수록

발 아래는 청용이 굽이치고 온갖 바위들이 천군만마를 호령하고 달려오는 듯하다.

나도 마치 천하를 호령하던 유비라도 된 듯 당당한 기쁨에 힘든 줄 몰랐다. 높은 산을 오르는 수고의 땀을 흘려 본 사람이라야 정상에서 느끼는 호탕한 일망무제의 기분을 만끽 할 수가 있다.

불붙은 붉은 단풍나무 가지를 휘어잡고 한 능선 두 능선을 오르면서 잠시 쉬고 땀을 들일 때 산바람이 이마를 스치고 지나는 맛이 그리 시원할 수가 없다.

구절양장 아흔 아홉 구비를 힘겹게 올라 정상에 이르니 먼 산 앞에는 뭉게 구름이 산봉우리를 가리고, 계곡에는 실안개가 자욱하다. 발아래 펼쳐지는 여덟 개의 연못에는 옥수玉水가 가득 넘쳐 산 그림자를 담고 우리 일행을 유혹한다.

선인들이 얼마나 이 정경에 반하였으면 상팔담이라 이름하였을까. 여덟 선녀가 천상에서 내려와 목욕을 할 때 그 모습에 도취된 나무꾼이 여덟 번 째 선녀의 옷을 감춰 못 올라가게 했더란다.

그 후 그와 결혼하고 아이를 셋 낳을 때까지는 절대로 옷을 내주지 말라는 사슴의 당부를 어기고 두 아이를 낳았을 때 옷을 내 주었더니 선녀는 천상이 그리워 두 아이를 양 겨드랑이에 껴안고 그만 하늘로 올라가 버렸단다.

나무꾼이 망연자실, 하도 애통해 하니까 선녀가 옛 정이 그리워 두레박을 내려주어 이를 타고 하늘로 올라가 함께 오래오래 살았다는 아름다운 전설이 전해온다. 이런 순박한 전설과 우화 속에서 사는 우리 민족이 왜 둘로 갈

리어 서로 애통해 하는지 가슴이 답답하다.

　새벽 안개 면사포로 드리우고 선녀 옷 벗는 소리를 환상 속에 들으며 산길을 내려오는데 뒤늦게 오르는 한 일행이 내 등에 진 백팩을 보고 그 속에 무엇이 들었느냐? 묻기에 '아주 아름다운 선녀의 날개옷 한 벌이 들어 있다.'고 하였더니 과연 시인다운 대답이라고 하여 힘든 산행 중에서 파안대소하였다.

　구룡폭포는 여덟 선녀가 목욕을 하였다는 상팔담에서 흘러 내려 구룡연으로 쏟아지는데 이는 개성 박연폭포, 설악산 대승폭포와 더불어 우리나라 3대 폭포라 이른다.

　오늘도 차고 맑은 구룡연엔 아홉 마리의 용이 여덟 선녀를 만나려고 등천의 기회를 얻기 위하여 아우성이다. 이는 마치 서울 장안에서 저마다 용이라고 외쳐대는 저들과 같다고나 할까?

　그러나 선녀 하나는 나무꾼과 짝을 만났고, 또 한 선녀의 옷은 내가 백팩에 넣고 미국으로 왔으니 필히 가까운 시일 내에 이곳으로 이민을 올 것인데, 구룡이 제아무리 날뛴들 여섯 선녀뿐이니 3용은 헛물을 켜고 낙담하리라.

구룡폭포

상팔담
물안개로 드리워 진
팔선녀八仙女의
신비로운 자태여

옥문玉門을 여는
천년의 물소리에 반하여
구룡이 구룡련에서
용트림을 하네.

선녀 하나 내려올 때
용이 하나 오르고
용이 하나 솟구칠 때
선녀 하나 내려오네

용과 선녀가 만나
하늘과 땅의 노래로
벌리는 잔치

어이
남과 북의
선남선녀들이
헤어져 눈물로 보낼 거냐

청룡이 선녀를 껴안고
구름을 타고 오르는
등천의 축제를 보아라

민족의 심장
금강산에서
천지를 울리는

구룡폭포.
삼천리 금수강산
한민족의
영원을 노래 부르네.

셋째 날은 해금강 코스가 다리가 끊겨 먼발치에서만 바라보는 것으로 만족하고 삼일포로 향하였다.

고성평야가 한눈에 들어오는 동해 바닷가의 삼일포는 관동 8경의 하나로 어느 임금인지는 분명치 아니하나 아름다운 경치에 반하여 3일을 묵어 갔다고 하여 붙여진 이름이라고 한다. 이곳은 주위의 산경이 아름답고 물이 맑고 차다. 산마루에 우뚝 솟은 정자가 하늘을 향해 솟은 탑처럼 우람하다. 이는 아름다운 우리 선조들의 염원이기 때문이리라.

해금강

누구를 기다리다
선돌이 되었는가
타는 한恨
눈물로 고여
발아래 출렁이는
애절한 물결소리.

아픔의 세월
임을 기다리다

망부석이 되었구나
오늘도
뜨거운 눈물을 식혀주는
실 안개비

끼룩끼룩
짝을 부르는
갈매기 떼들의
눈물겨운 갈구에

해금강은 오늘도
선돌로 서서
그리운 님을
기다리는구나.

　저녁에는 공연장으로 가서 평양 모란봉 교예단의 공연을 관람하였다. 말로만 듣던 공연은 생명을 내거는 아슬아슬한 연기가 실로 일품이었는데 과연 자유를 만끽하는 자본주의 국가의 어느 청소년들이 생명을 내건 위험을 무릅쓰고 저런 연기를 할 수 있을까 의심하며 눈물을 흘리는 동족들이 한둘이 아니었다. 이것이 곧 피는 물보다 진하다는 표현이 아니고 무엇이랴. 예술의 진수를 보여주기 위하여 인간 체력의 한계를 넘어선 묘기를 보여 주었기 때문이다.
　외금강과 해금강은 1조원이 넘는 막대한 비용을 투입하여 현대가 이루어 놓은 '작품'이란 생각이 들었다. 항

만 시설, 온천장, 호텔, 식당, 숙소, 기념품점 등 모두 현대
적 시설로 꾸며져 있고, 수많은 현대 버스와 중장비들이
바쁘게 움직이고 있었다. 마치 속초 어디쯤이 아닌가 착
각이 들 정도였다. 이는 고 정주영 회장의 큰 포부와 애향
심의 산물이란 생각에 눈시울이 붉어졌다.

북한 주민들은 내금강 외엔 올 수 없다는데, 운전 기사
들은 대부분 중국의 조선족 동포들이었다. 그러나 안내
원, 점원, 식당 종업원들은 거의가 남한 분들이었다. 가냘
픈 몸매에 수동식으로 일하는 저들 모두가 같은 우리 동
족들인데 서로 도와주면서 빠른 시일 안에 통일을 이룩하
여야 하겠다는 생각이 앞섰다.

거의 1키로 정도의 간격으로 북한 동족들의 안내원 남
녀가 배치도어 있는데 대부분 아름다운 용모와 깨끗한 옷
차림 그리고 질문에 친절하게 대하는 매너가 나무랄 데
없었다. 그들은 여러 가지 질문에도 진지하게 응해 주었
다.

우리 정부가 북한 주민들을 위하여 지원하는 금액이 미
국, 일본 중국에도 못 미치는데 '무조건 퍼주기', '대등을
원하는 교역' 운운하는 정치가들은 과연 어느 나라 백성
들인지? 의식 수준이 어느 정도인 유권자들이 그들을 국
민의 대변자로 뽑아 주었는지 그 수준이 의심스럽다.

조용히 그리고 베푸는 자가 겸손한 자세로, '오른손이
하는 일을 왼손이 모르게' 할 수는 없는지 걱정이 앞선
다. 지도자들의 의식 구조가 변해야 민중의 의식 구조가
변하지 아니 하겠는가? 우리 모두는 우리 후손들에게 어
떠한 민족관과 통일 의식을 심어 주어야 할 지 깊이 자성

해 볼 일이다.

내 생각으론 적어도 6·25 전쟁의 뼈아픈 민족의 상잔을 모르는 후손들이 이 민족의 염원인 조국 통일을 이룩하게 될 것 같다.

북에 아내를 두고 남에 와서 새아내를 만나 자식을 얻고. 또 북에서 떠난 남편을 만날 수 없어 다시 결혼하여 자식을 둔 저들을 하나님인들 어이 하시겠는가? 실로 민족의 비극이요, 상처가 아닐 수 없다.

남한 각처에서 소풍을 온 중·고등학생들의 천진난만한 음성이 들끓는 소리를 뒤로하고 속초로 돌아왔다. 동해선이 뚫리는 날 민족의 마음이 하나로 연결되는 감격을 생각하면서 다음 기회에 다시금 내금강을 가 보았으면 기대하고 있다.

분명 우리 민족의 통일은 우리 민족 모두의 소원이다. 미국이, 중국이, 소련이, 일본이 해주기를 기대하지 말아야 한다. 오히려 그들은 우리 민족의 영구 분단으로 유익을 구하려 할 것이다. 우리 남북한 형제만이 통일의 주체요, 한반도의 영원한 주인이다. 민족 분단의 아픔과 상처는 우리 남북한 동포들이 스스로 머리를 맞대고 풀어야할 숙제요, 역사의 준엄한 명령임이 분명하다.

가을 술에 취한 듯 주홍으로 물든 고운 단풍을 뒤로하고 금강산을 떠나 왔다. 옛 시인의 아름다운 시, "통천과 고성엔 눈이 많이 오고通高之雪, 양양과 강릉엔 바람이 많이 부는데襄江之風, 그것을 한마디로 표현하기는 어렵다―口之難說."를 되 뇌이면서 통천, 고성, 양양, 강릉을 떠나왔다.

10월에 접어들었으니 풍악산은 곧 개골산으로 변하여
긴 겨울 속에서 금강산을 잉태 할 것이다.

작품해설

'쟁기꾼의 삶'에서 값지게 출산한 시편

윤병로

'쟁기꾼의 삶'에서 값지게 출산한 시편
– 정용진의 제4시집 《금강산》에 부쳐

윤병로 | 문학평론가 · 성균관대 명예교수

미주 이민 100주년을 맞는 올해 가을에 재미 교포시인 정용진의 시집《금강산》을 상재하게 되었다.

고국을 떠나 미국에 정착한 지 32년의 힘겨운 삶 속에서 열정적 글 쓰기를 지속해 온 정용진은 81년에 첫 시집《강마을》을 내놓은 뒤 이번에 네번째 시집을 출간하므로써 20여년의 탄탄한 시력을 구축해 왔다. 그는 시뿐만 아니라 에세이집《시인과 농부》(2001)를 통해서 산문의 필력을 유감 없이 보여주기도 했다.

이번 시집《금강산》은 그 표제가 시사하듯이 정 시인이 지난 해 가을 조국의 영산 금강산을 찾았던 큰 감동을 오래 기억하기 위해 붙인 제명이라고 스스로 밝히고 있다.

이 시집에는 서장 〈가로등〉을 비롯 〈금강산〉, 〈빈 의자〉, 〈통일의 꿈〉 등, 전 4장, 총 80편의 많은 시편이 수록되어 풍성한 목차를 보여준다.

정용진 시인의 시세계를 제대로 음미하기 위한 길잡이로 시집의 머리글 〈시인의 말〉의 한 대목에 잠시 귀를 기울여 본다.

아이들의 살결처럼 부드러운 캘리포니아 흙을 어머님의 가슴
처럼 어루만지며 그 위에 장미꽃을 가꾸고, 농작물을 키우며, 과
일 나무들을 심었다. 그 열매들이 소리 없이 익어 갈 때 산새들
도 옆에 와서 노래하였고, 가난한 나의 시심도 영글어 갔다. 외면
의 표피를 보면 거칠기 한이 없으나 내면으로 깊이 들어 갈수록
심토深土를 만나는 감격, 이것이 시인이 시를 쓰고 싶어하는 진
정한 마음이다. 육신은 이민의 거친 영토를 갈고, 영혼은 언어의
밭을 가는 쟁기꾼의 삶이 곧 나의 사명이라고 절감하였다.

이렇듯 정 시인은 이민의 치열한 삶을 살아가면서 '가
난한 나의 시심도 영글어 갔다.'고 피력하고 있다. 그리고
'육신은 이민의 거친 영토를 갈고, 영혼은 언어의 밭을
가는 쟁기꾼의 삶'을 상기시켜 자신의 시정신을 의연하
게 털어놓고 있다. 시인의 진솔한 발언에서 이번 시집의
참모습과 그 각별한 시향詩香을 쉽사리 감지하게 된다.

이번 시집의 머리시 〈시인〉에서 정용진 시인의 시에 대
한 치열한 도전을 생동하게 접하게 된다.

시인은
언어의 밭을 가는
쟁기꾼이다.

나는
오늘도

거친 언어의 밭을
갈기 위하여

손에 쟁기를 쥐고
광야로 나간다.

-〈시인〉 전문

  실상 정 시인은 캘리포니아 광야에서 장미꽃을 가꾸듯 성실한 농심農心으로 시를 쓰고 있음을 당당하게 읊어내고 있다. 이미 그는 《시인과 농부》란 에세이집의 많은 글에서 자신의 시작활동을 농부의 삶과 견주어 피력했던 사실을 떠올리게 한다.
  농부와 같은 순박한 시심을 다짐하는 정시인의 시세계는 실로 '광야'와 같이 넓게 펼쳐지고 있다. 그리고 그의 시상이 다양한 무늬로 채색되어 이색적 색상을 드러낸다.
  우선 사계四季의 아름다운 자연을 서경으로 담아내고 있는 시 〈봄〉을 비롯한 〈가을 달〉, 〈무지개〉 등을 잔잔한 정회로 맛보게 된다. 이들 시편에서 정 시인의 속내 깊은 시심이 섬세한 시적 이미지로 재현되고 있음을 실감한다.

자두나무 가지 위에
산새 가족들이
구슬에 꿰인 듯
쪼르르 앉아 있다.

하루 일과 훈시를 듣는가

조용하더니
어미새가 자리를 박차고 일어나자
새끼들도 창공에 무지개를 그린다.

활처럼 휘어졌던
자두나무 가지들도
겨울잠을 털고
시위를 당겨
봄을 쏘고있다.

— 〈봄〉 중에서

　봄날 아침의 정경이 한 폭의 단아한 풍경화처럼 그려져 정감을 자극한다.
　'겨울잠을 털고 / 시위를 당겨 / 봄을 쏘고 있다'는 은유적 시구가 더욱 큰 감동으로 다가온다. 이같은 응결된 시상은 시, 〈가을 달〉에서 더욱 원숙한 시어로 읊어지고 있다.

바람이
알몸으로 거리에 나서는
늦가을.

산은
수줍어
얼굴 붉히고

(2연 생략)

울가
대소리도
사각사각
서릿발을 빚는데

창가 고목에 걸린
차가운 달을 품으니

그대 그리워
눈물 어리네.

– 〈가을 달〉 중에서

늦가을 풍경을 서정적 시어로 아주 정감 있게 재현해서 그윽한 정취를 환기시키고 있다. 이 단시형의 시편으로 먼 이국 땅에서 절절한 향수를 읊고 있는 시인의 비감을 절감하게 된다.

객창에서의 애수를 서정적으로 노래하고 있는 정 시인은 〈무지개〉에서는 다시 연가를 멋드러지게 열창하고 있다. '사랑의 심장을 겨누는 / 화살촉 / 팽팽이 당겨져 / 활시위로 떠 있는 무지개'. 참으로 생동한 정취를 맛보게 하는 시구가 우리 가슴을 압도하는 듯하다.

이번 시집의 표제시, 〈금강산〉을 접하면 정 시인의 뜨거운 민족애와 향토애를 흡족하게 공감할 것이다. 반세기만에 숙원을 풀었다는 시인의 감격적 목소리는 〈금강산〉

을 비롯, 〈구룡폭포〉, 〈해금강〉에서 큰 울림으로 읊어지
고 있다.

한얼 백성들의
우람한 가슴에
빛으로 솟아 영롱하구나

하룻밤 자고 나면
동해 운무로
머리를 감고
칠보단장한
새 신부가 되어
칠천만 연인들을
설레게 하나니

(3연 생략)

봄 빛, 여름 볕
가을 단풍
겨울 눈발 속에서도
억 년 세월을 초연히
한민족의 기상으로

솟아오르는

백두대간의 젖꼭지

금강산.

- 〈금강산〉 중에서

벅찬 감격으로 〈금강산〉 찬가를 노래하고 있는 시인의 열창은 우리 7천만 민족의 공감대를 크게 울리게 할 것이다. 이 시편에서 '만물상'과 '구룡폭포'의 절경을 유감없이 읊어내어 그 여운이 오래도록 남을 것이다.

정용진 시인의 조국에 대한 넘치는 사랑은 여러 시편에서 드러나고 그의 시 정신에 깊숙히 저류하고 있는 주님을 향한 기원이 한층 돋보인다.

특히 제3장 〈빈 의자〉 속에 포함된 시편 중에서 〈기도하는 이 아침에〉를 비롯한 〈6월의 기도〉, 〈빈 의자〉, 〈우물〉 등에서 간절한 기도문을 서정적 음향으로 찡하게 읊어내고 있어 감동적이다.

이들 시편에서 정 시인의 돈독한 신앙의 경지를 쉽사리 감지할 수 있을 것이다.

아버지
땀 흘리는 수고도
별로 못하면서
졸부가 되겠다고
이웃들을 괴롭히고
맑은 물을 흐리며 덤비다가
또 한 해를 맞이하는
마루터기에 섰습니다.

(중략)

믿음이 약한 자
소망이 없는 자
사랑이 고갈된 자들이
모두 한 자리에 모여
아버지께 감사하며 기도하는
이 아침이 되게 하옵소서.

– 〈기도하는 이 아침에〉 중에서

진지한 참회의 목소리를 담은 〈기도하는 이 아침에〉는 장시로 엮어져 시인의 간절한 소망이 기도문으로 읊어졌다. 특히 정시인의 이를 데 없는 경건한 신앙의 메시지를 진솔하게 담아낸 〈빈 의자〉를 숙연한 목소리로 듣게 된다.

주님
의자 하나를
말끔히 닦아
대문 앞에 놓아 두었습니다.

이 죄인의 집을
찾아 오셔서
문을 두드리실 때
탐욕에 가려
보지 못하고

마음이 닫혀
듣지 못하여
속히
문을 열어드리지 못 하더라도
용서하시고
잠시 앉아
기다려 주십시오
곧 돌아오겠습니다.

– 〈빈 의자〉 중에서

겸허한 몸짓으로 주님의 구원을 갈망하는 시인의 목소리가 너무도 진지하게 쏟아져 우리 가슴을 크게 흔든다. '믿음', '소망', '사랑'의 그리스도 복음이 고스란히 남겨진 감동적 시편으로 받아진다.

이 시집의 4장 〈통일의 꿈〉 속에는 〈남과 북〉을 필두로 〈통일의 꿈〉, 〈통일의 노래〉 등이 각별히 시선을 끌게 한다. '55년 분단의 세월'을 되돌아 보면서 통한의 아픔을 말끔히 씻어내고 통일을 갈망한다. 시 〈남과 북〉에서 '사랑으로 화해하자'고 소리 높여 노래하고 있다.

다시 정 시인은 소리를 가다듬어 〈통일의 꿈〉을 숙연한 음향으로 읊어 우리들 가슴을 찡하게 울려주고 있지 않은가.

통일은 꿈입니다.
희망입니다.
만남입니다.

그래서 우리는
밤마다 꿈을 꿉니다.
피난길
산 모롱이를 돌다
엄마를 놓친 꿈.
남포동 거리를 헤매다
누나를 만난 꿈을 꿉니다.

통일은 한恨입니다.
남과 북이
꿈 속에서 만나
서로 부둥켜 안고 울다가
깨어서도
진짜로 부둥켜 안고 우는
감격의 꿈입니다.

- 〈통일의 꿈〉 중에서

이렇듯 정 시인은 '통일은 한 입니다.'고 열창하면서 통일의 밝은 내일을 장시로 엮어내고 있다.

이 시집 말미에 첨부된 산문 〈금강산의 시학詩學〉과 〈금강산 기행〉도 정용진 시인의 모국에 대한 열애와 통일의 열망에서 쓰여진 글들이기에 소중하게 받아진다.

이제까지 정용진의 제4시집 《금강산》의 문제시와 가작 시들을 두루 음미하면서 그 시향詩香에 흠뻑 젖어 들었다.

먼 이국 땅 미주에 힘겹게 둥지를 틀고 고달픈 삶을 30

220

여 년 이어가면서 집요하게 모국어로 시와 수필을 쓰고 있는 정용진 시인에게 아낌 없는 찬사를 보내고 싶다.

농부와 같은 순박한 시심으로 광야의 시세계에 쟁기꾼의 삶을 통해서 값지게 출산한 시집《금강산》에 우리 국내외의 독자와 함께 뜨거운 박수를 보낸다.

미래시선 80

금강산

· 지은이 | 정용진
· 펴낸이 | 임종대
· 펴낸곳 | 미래문화사

· 찍은 날 | 2003년 11월 20일
· 펴낸 날 | 2003년 11월 25일

· 등록 번호 | 제3-44호
· 등록 일자 | 1976년 10월 19일
· 주소 | 서울시 용산구 효창동 5-421
· 전화 | 715-4507 / 713-6647
· 팩시밀리 | 713-4805

· Homepage | www.mrbooks.co.kr
· E-mail | miraebooks@korea.com
　　　　　　 mirae715@hanmail.net

ⓒ 2003, 미래문화사
· ISBN | 89-7299-266-6 03810

· 정가 | 6,000원

* 잘못 만들어진 책은 본사나 서점에서 바꾸어 드립니다.
* 저자와의 협의하에 인지는 생략합니다.